Isabelle Morot-Sir

Unis pour la vie

Approuvé par le gouvernement

Autres ouvrages

Aux éditions Publibook

À l'aube du soleil vert, 2003
La Fleur bleue, 2004
Attention ! Un train peut en cacher un autre, 2005
El Matador, 2005
De lettres en lettres... Année 1912, 2006
Journal personnel et intime d'une nouvelle Zingara, 2007
El Matador 2, 2013
La Citadelle des Dragons, 2014
Le journal de Lorelei, 2014
El Matador 3, 2015
De lettres en lettres... année 1925, 2015
La fleur de l'ombre, 2016

Éditions Indépendantes

Une histoire de coquelicot, 2017
La citadelle dans la montagne, 2017
Les carnets de Lou-Anne, la Louve, 2017
El Matador 4, 2018
Sans relâche, 2018
Les Citadelles T1&2, 2018
El Matador : l'intégrale, 2018
Les carnets de Lou-Anne, La Questrice, 2018
Le journal de Lorelei, 2019
Sans peur et sans reproche, 2019

Mise en garde

Cet ouvrage est un roman de
science-fiction, une dystopie.
Il ne représente en aucun cas les idées ou
opinions de l'auteure.

« Il y a toujours un peu de folie dans l'amour
mais il y a toujours un peu de raison
dans la folie. »

« Ce qu'on fait par amour l'est toujours
par-delà le bien et le mal. »
Friedrich Nietzsche

Chapitre 1

— Mais avance idiote ! C'est pas possible d'être aussi mollasse, mais bouge ton gros derche ! marmonnait à voix basse une jeune fille portant un sac à dos, dont les bretelles lui sciaient les épaules.

Le poids la tirait en arrière, il faut dire que sa mince carrure ne semblait pas la plus adaptée à une soudaine carrière de sherpa.

À la fois bougonnant et concentrée sur son effort, elle tentait de gérer son stress en gardant son regard fixé sur le sommet des montagnes.

— C'est bon, demain c'est la frontière et *ciao bella* !

En cette saison, les sentiers de montagne n'étaient pas encore pris d'assaut par les randonneurs, en mal de grand air et de paysages grandioses. Toutefois, les premiers marcheurs, sac sur le dos et bâton de marche à la main, se colletaient déjà aux sentes escarpées.

Avec ses chaussures de trail et ses vêtements techniques, elle se fondait sans que rien ne la différencie des autres promeneurs.

Son sac était peut-être un peu plus volumineux que nécessaire, son sourire moins assuré et chaleureux que ceux que s'échangeaient les autres marcheurs. Pour un œil non averti, elle n'était rien de plus qu'une jeune fille heureuse de découvrir la chaîne de ce bout septentrional des Carpates. Mais elle n'était rien de tout ça.

Elle cessa de se parler à mi-voix en

parvenant au gîte, où quelques randonneurs étaient déjà installés. Leurs bâtons de marche appuyés contre le garde-corps en bois de la terrasse, ils savouraient une bière brune, typique de la région.

Ils la saluèrent, tandis qu'elle entrait dans la grande salle encore vide. Il n'y aurait donc pas de problème pour son hébergement !

Elle n'avait plus beaucoup d'argent, néanmoins elle préféra prendre une chambre particulière, et non le dortoir commun pourtant moins onéreux. Elle n'avait envie ni de discuter ni qu'on lui pose de questions.

Une fois dans la chambre lambrissée de bois blond, la porte refermée derrière elle, elle poussa un soupir. Elle déposa son sac sur le plancher, avant de se laisser tomber comme une masse sur le lit double. Ce fut une mauvaise idée, car le matelas, dur, n'amortit pas beaucoup sa chute.

— Aïe, merde…, grogna-t-elle, hésitant entre fondre en larmes ou éclater de rire.

Sa situation oscillait un peu trop entre ces deux opposés ces dernières semaines.

Enfin elle enleva ses chaussures et, prenant une carte dans son sac, l'étudia avec minutie, comme si elle ne la connaissait pas déjà par cœur !

— Demain… Demain je serai en Europe, songea-t-elle pour la millième fois, excitée et soulagée.

Elle ne savait pas encore comment elle se rendrait à Paris, mais bah, elle aviserait une fois la frontière passée. À pied, en train peut-être, elle trouverait une solution. Ensuite, une fois en France, sa maîtrise de la langue lui permettrait de se fondre dans la population, et ni vu ni connu !

Fatiguée, elle s'endormit comme une masse, un sourire béat sur les lèvres.

C'était le plan : il ne pouvait que fonctionner !

Le lendemain, quand elle se réveilla, elle était fraîche et plutôt dispo. Elle prit une douche, s'habilla ensuite d'un simple short et d'un T-shirt, avant de ranger son sac et de descendre dans la salle principale.

La journée était radieuse. Monter jusqu'au sommet et en redescendre de l'autre côté, ne serait peut-être pas, après tout, un si gros défi.

Enjouée, elle prit un solide petit déjeuner sur la terrasse, dont la vue s'étendait presque jusqu'à la mer. Enfin, sur un « Au revoir » joyeux, elle quitta le gîte. Ses pas résonnant sur les pavés des ruelles, elle se dirigea vaillamment vers les alpages, suivant le tracé balisé.

Les chalets aux façades en bois sombre et soubassement en pierre, offraient déjà une exubérance de fleurs : géraniums, pétunias, capucines, égayaient fenêtres et terrasses. L'air était frais, léger, apportant les senteurs riches des pâturages d'altitude et celle plus minérale de la neige.

Tout en marchant, la jeune fille noua ses longues mèches châtains. Tout à coup elle reprenait espoir. Allons, son destin n'était peut-être pas tout tracé. Alors qu'elle traversait la place au milieu de laquelle une fontaine glougloutait paisiblement, une voiture sombre se gara à sa hauteur.

Elle n'y prêta pas attention, perdue dans ses pensées, l'esprit tendu vers un avenir possible. La portière côté conducteur s'ouvrit. Un homme en chemise blanche, en descendit. Avec un soupir mi-soulagé mi-agacé, il lança d'un ton plutôt péremptoire.

— Amaryllis !

La jeune fille, tirée de ses pensées, sursauta. Elle releva brusquement la tête, à la fois effrayée et décontenancée que « dans ce village perdu » on connaisse son nom. Elle croisa le regard du conducteur et devint livide. Elle pivota, cherchant une échappatoire. L'homme répéta son nom. Des larmes de rage et de désespoir coulèrent sur son visage sans qu'elle s'en aperçoive. Elle tremblait tandis qu'il s'approchait d'elle.

Chapitre 2

— Amy ! s'exclama l'homme en s'avançant vers elle.

Elle frissonna. Il la considéra avec une certaine douceur tandis qu'il tendait la main et la débarrassait de son sac à dos.

— Amy, répéta-t-il, tu ne peux pas en faire qu'à ta tête. Tu as donné ton consentement ! C'est peut-être rien pour toi, mais pense un peu à la famille !

La jeune fille le dévisageait avec de grands yeux noyés de larmes, effarée que sa tentative de rébellion ait déjà échoué. Tous ses espoirs de vie parisienne s'écroulaient. Ses rêves à jamais perdus, elle murmura dans une tentative désespérée :

— Stephen, si tu faisais comme si tu ne m'avais pas vue... Tu pourrais rentrer et dire que tu ne m'as pas retrouvée.

À demi sanglotant, elle lui saisit le bras, en bafouillant :

— Je t'en prie !

Il la considéra, le visage fermé, partagé entre l'envie de la protéger et celle de lui donner des claques ! Elle lui avait fait perdre plusieurs jours de son précieux temps, ce qu'il appréciait fort peu. Elle avait toujours été la petite dernière, gâtée, choyée, trop sans doute. Ces trois années passées en France n'avaient visiblement pas amélioré sa nature capricieuse. Du moins c'était ce qu'il lui semblait. Le Programme était là pour tous, lui-même s'y était plié et s'en portait très bien.

— Amy ! Cesse un peu de te comporter comme un bébé ! Viens avec moi, nous rentrons à la maison.

Elle fondit en larmes, en proie à un désespoir tel, qu'elle n'en avait jamais éprouvé. Elle n'espéra même pas que ses sanglots attendrissent son frère. Elle savait depuis fort longtemps qu'il était totalement imperméable à ce genre de manifestations ! Il jeta son sac dans le coffre de la grosse berline, la propulsant elle-même sur le siège passager. Elle boucla sa ceinture dans un claquement sinistre qui résonna comme la fin de ses espérances. Elle se rencogna contre la portière, apercevant sans le voir les paysages pourtant somptueux du Bergseeland, son pays natal. La route descendait en lacets compliqués, au milieu de prairies parsemées de vaches brunes, de bois touffus et de villages serrés autour d'églises médiévales.

Bientôt les montagnes furent derrière eux. Longeant une rivière aux eaux vives, ils entrèrent dans une plaine où les champs de houblon côtoyaient ceux de pavot. Dans quelques semaines à peine, la plaine serait une marée de fleurs aux pétales fragiles, vaporeux et éphémères. Des cyclistes roulaient déjà sur la piste cyclable longeant la nationale. Ils profitaient sans doute de la fraîcheur relative de l'air matinal, mais pour l'heure, rien n'importait à la jeune fille, hormis son propre avenir qui lui paraissait des plus sinistres.

Après deux heures de route, Heinrichburg, la capitale, fut en vue. C'était une ville côtière construite jadis par des Saxons venus de la région Rhénane, à l'embouchure de la rivière principale. Elle était connue pour son architecture médiévale, ses maisons en granite, ses ruelles pavées, tortueuses, et ses façades à encorbellement. Amaryllis l'avait toujours aimée. Après ces trois ans passés à Paris, elle avait même été contente d'en retrouver la douceur de vivre.

Enfin la voiture tourna dans un quartier résidentiel, remonta une allée ombragée de catalpas, et s'arrêta. Des larmes lui montèrent à nouveau aux yeux, qu'elle s'efforça de refouler. Elle aurait souhaité rester à jamais assise là, cependant son frère ouvrit la portière, et il lui fit signe de descendre. Dans un geste irrité, il la poussa vers la maison, dont la façade blanche se couvrait déjà de roses pourpres. La fierté de sa mère ! Le parfum l'accueillit alors qu'elle franchissait la porte d'entrée. Le parquet grinça sous ses pieds comme autrefois, tandis que sa mère criait depuis la cuisine.

— Stephen ? Est-ce toi ?

La dualité de ce qu'elle éprouvait était si forte, si intense, que la tête lui tourna. Elle se laissa choir dans l'un des canapés du salon et s'y recroquevilla. Comment se pouvait-il que cette maison qui lui avait toujours paru un havre de paix, lui semble à présent hostile ? Elle tremblait, retenant ses larmes, alors que la porte d'entrée claquait, et qu'elle reconnaissait le pas de son père. Elle entendit ses parents discuter, tandis que Stephen lui plaçait d'autorité un verre de limonade fraîche entre les mains. C'était sa préférée, à la framboise, ce brusque retour à une apparente normalité la bouleversa encore plus.

Chapitre 3

— Ma chérie, nous nous sommes tellement inquiétés ! s'exclama sa mère en s'asseyant dans le canapé face à elle. Pourquoi être partie ainsi ? Tu sais bien que nous ne voulons que ton bonheur !

— Alors pourquoi m'avoir inscrite dans le Programme ? s'écria rageusement la jeune rebelle en reposant brusquement son verre sur la table basse.

— Ça suffit maintenant, fit son père d'une voix coupante. Le Programme est une excellente chose, tu le sais parfaitement !

— Peut-être pour d'autres, bafouilla-t-elle, mais moi je n'y tiens en aucun cas !

— Tu ne veux pas rencontrer ton âme sœur, persiffla son frère.

— Il se trouve que non !

— Amy ne fais pas l'idiote ! grogna Sigismond Sutter, son père. Tout le monde veut trouver un compagnon de route afin d'avancer dans la vie.

— J'ai 21 ans ! J'ai tout le temps devant moi.

— Tu veux poursuivre tes études non ? Alors remets les pieds sur terre. Regarde ta sœur, grâce au Programme elle a eu accès à la meilleure université. Ne voudrais-tu pas, toi aussi, être diplômée de St Charles ?

La jeune fille soupira, bien sûr cette prestigieuse université était un rêve, mais à quel prix.

— Iris avait 25 ans lorsqu'elle a intégré le

Programme, ça change tout non ?

— Écoute bichette…

Amaryllis frémit. Si sa mère l'appelait par son surnom enfantin, c'est que tout était plus grave que ce qu'elle pensait.

— La situation n'est pas la même, reprit sa mère.

Stephen la coupa abruptement :

— Au cas où tu ne le sais pas, c'est la crise ma p'tite ! Ici notre gouvernement nous en protège autant que possible. Néanmoins même notre pays est touché. Et pour l'entreprise ça veut dire moins de travail avec des particuliers. Nous devons viser des contrats d'État. Et tu sais combien le ministère des travaux publics peut être pointilleux. Mieux vaut mettre toutes les chances de notre côté !

— Quel rapport avec moi ?

— Nous montrerons notre loyauté : nous y avons tout à gagner, toi comme nous !

— Je ne veux pas entrer dans ce jeu-là ! Vous voulez me faire culpabiliser.

— Absolument pas ! Nous ne voulons que ton bonheur.

— Iris et Stephen ont fait ce programme, en sont-ils plus heureux pour autant ?

En disant cela, la jeune fille se tourna vers son frère, le regard embué de larmes :

— Capucine est-elle la quintessence de ce que tu attends d'une relation de couple ?

— Ne la mêle pas à ça ! Nous nous entendons parfaitement bien et notre équilibre est idéal.

Amaryllis haussa une épaule découragée, songeant que débattre de tel sujet avec son frère était peine perdue. Du moment qu'il pouvait travailler sans qu'on lui reproche ses horaires, et que le week-end, il ait toute la latitude afin de retrouver ses copains pour un tennis ou une virée à vélo, rien d'autre n'avait d'importance.

Elle se renfonça dans les coussins du canapé, renonçant à débattre. Elle ne parla pas d'Iris, car elle savait qu'on lui opposerait de nombreux arguments. Elle ne savait pas si sa sœur était pleinement heureuse, mais à présent qu'elle avait déménagé à Toronto au Canada, il était difficile pour elle de renouer avec leur complicité d'autrefois. Sur le papier tout semblait parfait, presque idyllique. Après son diplôme, elle avait rejoint son mari qui travaillait pour une grosse société internationale, elle-même ayant trouvé une excellente place d'avocat dans un grand cabinet. Alors oui, peut-être était-elle comblée.

— Tu sais nous ne souhaitons pas te brusquer, cependant ce Programme est la meilleure des choses qui puissent t'arriver. Il a été mis au point par les meilleurs scientifiques et informaticiens de notre pays.

— Oui enfin ce n'est pas la Silicon Valley, non plus, maugréa la jeune fille.

Son père leva un sourcil.

— Tu peux en penser ce que tu veux, néanmoins depuis le temps qu'il est appliqué on ne peut que constater les résultats. Dans les années soixante le taux de divorce était exponentiel, et le nombre d'enfants se réduisait chaque année. Grâce au Programme tout cela est derrière nous, notre pays a une population florissante et heureuse. Sois plutôt reconnaissante d'habiter dans un État qui se soucie du bien-être de son peuple. Je comprends tes réticences, mais elles sont inutiles et infantiles.

— Comment peux-tu dire ça, alors que toi-même, c'est la vie qui t'a permis de rencontrer maman, et pas un logiciel pseudoscientifique.

— Chacun écrit sa propre histoire, donc ne compare pas des situations non comparables. Arrête de faire un scandale, là où il n'a pas lieu d'être, profite de ta chance et réjouis-toi. Samedi prochain ce sera ton mariage.

Chapitre 4

Une fois seule dans sa chambre, la jeune fille s'effondra sur son lit, dérangeant les coussins impeccablement rangés. Elle parcourut du regard le décor familier, songeant que dans quelques jours elle n'habiterait plus là. Elle considéra avec une certaine amertume la pièce meublée de ses souvenirs d'enfant puis d'adolescente. Elle était revenue pour partir, et cette fois définitivement.

Où serait-elle dans une semaine ?

Et surtout avec qui ? C'était bien évidemment cette question-là qui la tenaillait et l'angoissait.

Et si elle se retrouvait face à un vieux immonde, lubrique ? Songea-t-elle avec un frisson de dégoût. Soudain elle se sentit comme prisonnière d'une pièce de Molière, la sensation était oppressante.

Elle avait le choix de dire non à l'ultime moment, debout face à l'officier d'État. Ce n'était pourtant pas recommandé. Implicitement elle serait mise peu à peu au ban de la société. Elle pourrait dire adieu à ses études, ça c'était certain. C'était pour cette raison, entre autres, que la fuite vers la France et l'union européenne lui avait semblé la meilleure solution.

Elle serra entre ses bras son vieux chien en peluche, qui usé par les bisous et la tendresse, avait veillé sur son enfance. Aujourd'hui que pouvait-il pour elle ? Rien. Elle était prise dans une nasse et personne ne pourrait l'en sortir.

Elle ne pouvait qu'espérer à présent, que ces fameux scientifiques soient aussi performants qu'on le proclamait. Elle n'avait pas envie, à 21 ans, de s'enfermer dans une vie de couple, dans la stabilité réductrice du mariage, ou qui lui paraissait comme telle, mais avait-elle le choix ? Tout ce qu'elle pouvait souhaiter c'était de bel et bien rencontrer celui qui à jamais, ferait battre son cœur.

Recroquevillée sur son lit, elle ricana toute seule. Elle ne croyait ni aux légendes fabuleuses de l'âme sœur ni à ce stupide programme. Elle n'avait de toute façon aucune foi dans ces informaticiens et autres concepteurs de ce système. Peut-être était-ce efficace, elle n'en savait rien ! Tout ce qu'elle savait, c'est que l'idée de se marier avec un parfait inconnu, lui donnait la nausée. Pour se donner du courage, elle n'avait pas d'autre perspective que de se raccrocher à son entrée en Master. C'était bien tout ce qui lui restait.

Chapitre 5

Depuis la banquette de la sombre limousine qui l'emportait vers sa destinée, elle apercevait les affiches de publicités promettant joie, amour, et un bonheur familial sans anicroche. Des mannequins anorexiques souriaient de toutes leurs dents blanches, afin de vendre une cuisine, une voiture, des sous-vêtements.

Elle se rencogna contre le dossier en cuir froid, sa robe bruissant à chacun de ses mouvements.

En quittant la voie rapide, un panneau publicitaire sembla la narguer. Un homme à la plastique parfaite, aux muscles saillants et déliés à la fois, parut lui décocher un sourire railleur. Comme si tout ne se résumait qu'à un parfum de luxe, une montre hors de prix, ou des dessous de marques. Comme si tout n'était que beauté, aisance et facilité

Elle appuya son front contre la vitre teintée, sans faire attention à sa coiffure millimétrée. À ses côtés, son père lui saisit la main, la pressant sans rien dire, sans un mot. Sa présence suffisait. Il avait toujours été pour elle une figure rassurante, forte, même s'il n'avait pas été très présent.

Rien n'était simple, tout n'était que contradiction. Dans sa robe blanche en soie sauvage, d'aucuns auraient dit que c'était le plus beau jour de sa vie, alors qu'elle se sentait prise au piège, tel un veau conduit à l'abattoir. Une envie de vomir lui serra le ventre, qu'elle réprima de son mieux.

Ce matin elle n'avait rien pu avaler, trop tendue à l'idée de la journée à venir. Une coiffeuse était venue à domicile afin de dompter ses longues mèches châtains. Cela avait duré des heures ! Mais sans doute, le résultat était à la hauteur des efforts consentis. De fragiles fleurs blanches, d'oranger et de pâquerettes, parsemaient sa chevelure à présent domptée. Sa mère et sa sœur, venues exprès pour l'occasion, l'avaient ensuite aidée à passer sa robe immaculée. Celle-ci dégageait joliment ses minces épaules, un bustier rehaussant sa délicate poitrine, tandis que sa taille fine était enserrée par un corset lacé dans le dos. Elle avait enfilé de fins escarpins, commençant par le pied droit, toujours, dans un rituel porte-bonheur qu'elle tenait de son enfance. Lorsqu'elle s'était aperçue dans le grand miroir de la chambre de ses parents, elle ne s'était pas reconnue dans cette mince jeune fille trop sophistiquée, trop apprêtée. Ses jeans et ses Converses confortables étaient à cet instant si loin !

La limousine se gara dans un faible soupir, au pied du perron de l'imposante maison des mariages. Le chauffeur lui ouvrit la portière, tandis que son père lui tendait le bras sur lequel elle se raccrocha. Elle vacilla, sentant toute force et courage l'abandonner.

— Tout va bien se passer, ne t'en fais pas, lui glissa-t-il à l'oreille, avant de rajouter :

— Tu es une battante, tu vas y arriver ! Pense que celui qui attend que tu franchisses cette porte, doit être lui aussi dans le même état de stress que toi. Alors on relève le menton et on y va ?

Elle serra ses doigts gantés sur son bras,

hochant imperceptiblement la tête. Elle monta les marches en pierre patinée, comme on va à l'échafaud : avec panache et en serrant les dents.

Les portes s'ouvrirent devant elle. Une allée bordée de part et d'autre de sièges en velours s'étendait jusqu'à un bureau en chêne sombre, derrière lequel se tenait l'officier d'État en grand habit. Avec soulagement, elle reconnut sa famille et ses amis, tous réunis pour l'occasion. De l'autre côté, une foule nombreuse la dévisageait avec une sorte d'avidité curieuse, tandis qu'elle remontait l'allée. Un silence de mort s'étendit sur l'assistance, alors que tous les regards étaient braqués sur elle. Lui tournant le dos, un homme en costume gris perle, l'attendait. Ses épaules tendaient sa veste de costume, suggérant une certaine musculature. Tandis que ses talons hauts résonnaient à chacun de ses pas, elle vit sa nuque se raidir, alors qu'elle s'approchait de lui. Ses cheveux très blonds, comme la plupart des Bergseelandais, étaient coupés courts, arborant cependant une coupe parfaite.

Son cœur battait la chamade tandis qu'il lui semblait marcher à travers un rêve. Elle avait même oublié comment faire pour respirer. Dans une réalité cotonneuse, elle se retrouva à côté de l'homme en costume gris. Son père l'embrassa fugitivement sur la tempe, avant de gagner le siège qui lui était réservé. Elle était à présent seule, seule face au destin qui l'attendait. L'homme, son futur mari, osa enfin tourner la tête et la dévisager. Leurs regards se croisèrent pour la première fois. Avec effarement, elle se perdit dans le sien d'un bleu presque translucide. Un sourire hésitant vacilla sur ses lèvres, tandis qu'elle réprimait un rire nerveux. Un gloussement, tel une bulle de savon, lui échappa néanmoins, crevant le silence presque monacal.

Sans comprendre, il haussa un sourcil interrogateur, alors qu'elle se mordait les lèvres, prise par un fou rire des plus mal venus, à présent qu'elle l'avait reconnu. Le contraire aurait été impossible ! Il n'était autre que Siegfried Frost, égérie de la célèbre marque de sous-vêtements masculins : Only for Men. Celui dont les publicités cernaient la ville, dévoilant sa plastique avantageuse. Celui surtout qu'elle surnommait jadis avec ses copines de lycée, du surnom imagé de « Monsieur Culotte ». Voilà qu'aujourd'hui elle allait devenir « Madame Culotte ». À cette pensée, un nouveau gloussement la secoua. Elle en oublia presque qu'il était aussi champion olympique de triathlon.

Il lui lança un nouveau coup d'œil, à la fois surpris et un brin amusé, mettant son hilarité sur le compte de sa nervosité.

Il lui renvoya un sourire, pas l'un de ces sourires de beau gosse qui inondait les panneaux publicitaires, mais un sourire rassurant qui la déstabilisa.

Son hilarité se figea dans la gorge, tandis qu'il se pencha vers elle afin de murmurer à son oreille un « ça va aller » qui la laissa confondue. Leurs regards se croisèrent à nouveau. Cette fois-ci, elle oublia les sobriquets dont elle l'affublait. Ses pommettes rosirent, tandis qu'une irrépressible bouffée de chaleur la submergeait. Elle resta une seconde figée, hébétée, tel un lapin pris dans les lumières aveuglantes des phares d'une voiture. Étourdie et furieuse de l'être, elle ne savait quelle émotion était la plus forte, elle crispa les lèvres et détourna la tête. Elle percevait le battement de son propre cœur jusque dans ses tempes, en une palpitation brutale et incongrue.

Elle était déjà tombée amoureuse. Elle connaissait ce sentiment, toutefois, le trouble qui la submergeait en cet instant, n'était en rien comparable. Elle avait chaud et froid à la fois, ses joues s'embrasaient alors qu'elle retenait ses dents de claquer. Ses membres semblaient peser des tonnes bien qu'elle ait l'impression de s'envoler. Elle tenta de respirer alors même que ses poumons semblaient figés. Elle n'allait quand même pas tomber sous le charme de Monsieur Culotte ! Le ridicule de la situation la fouetta suffisamment pour qu'elle reprenne tant soit peu le contrôle d'elle-même. C'est dans un brouillard, qu'elle répondit « oui » à la question rituelle du consentement mutuel. Elle ne sut pas comment elle lui passa son alliance, son esprit restant fixé sur le moment où il avait pris sa main entre les siennes afin de lui mettre son propre anneau. Ses mains étaient chaudes, ses gestes à la fois précis et affirmés. Il ne tremblait pas, ne semblant même pas dérouté, comme si cette journée était presque banale.

Ils n'avaient pas échangé plus de trois mots, qu'ils sortaient déjà, sa main à elle reposant sur son bras. Elle pouvait sentir les muscles de son avant-bras bouger sous la manche de son costume hors de prix. La double porte s'ouvrit devant eux. Le soleil estival lui fit mal aux yeux, cependant que la tête lui tournait. Elle était mariée.

La traditionnelle photo sur le perron de la maison du mariage, les mariés entourés de leurs familles respectives, eut lieu dans une bonne humeur dont elle se sentait absente. Elle ne pouvait cesser d'observer sa main gauche où une bague en or semblait la narguer.

Elle était bel et bien Madame Culotte à présent !

Chapitre 6

Un landau blanc, reconstitution à l'identique de véhicules hippomobiles du XIXe siècle, s'arrêta au pied du perron, sans plus de bruit que le claquement des fers des chevaux sur les pavés moussus. Le cocher portant un habit aussi blanc que la robe de ces quatre chevaux ibériques, envoya son aide ouvrir la portière.

Avec une galanterie à laquelle elle ne s'attendait pas, Siegfried lui tendit la main et l'aida à grimper dans la voiture, manœuvre malaisée avec une robe volumineuse et des talons aussi hauts. Elle s'installa sur la banquette en cuir crème, impressionnée malgré elle par le décorum. Qui avait commandé une telle débauche de luxe ? Son père ? Son mari tout neuf ?

Veillant à ne pas froisser sa robe, ce dernier se plaça à côté d'elle. Sur un claquement de langue impérieux du cocher, la voiture démarra. Familles et amis les suivirent des yeux avec émotion ou envie, voire les deux, jusqu'à ce que l'attelage disparaisse dans le parc somptueusement arboré.

Enfin seuls, ou presque, un silence s'installa entre eux que Siegfried brisa avant qu'il ne devienne pesant. Elle s'attendait à ce qu'il lui débite de quelconques platitudes, sur la couleur de ses yeux, sa robe ou ses cheveux ; mais sûrement pas à ce qu'il lui lança dans un sourire :

— Drôle de circonstance pour se rencontrer ! Comme tu l'as entendu, mon nom est Siegfried

Frost, je cours le triathlon…

Elle le coupa, plus sèchement que voulu :

— Je sais qui tu es ! Tout le Bergseeland le sait !

Il lui décocha un coup d'œil surpris, avant de lâcher :

— Ah bon, d'accord ! Alors nous voici en total déséquilibre : toi, qui sembles tout connaître de moi, et moi qui ne connais rien de toi hors ton nom. Déjà explique-moi, pourquoi à ton âge, t'es-tu inscrite au Programme ? Désolé si je te brusque, mais cette question m'a interpellé à la seconde où je t'ai vue.

Elle soupira imperceptiblement, avant de dire à mi-voix :

— Mon frère et ma sœur aînés se sont mariés grâce au Programme, cela leur a permis de faire de brillantes études. Je veux à mon tour entrer à l'université St Charles, et c'est mon seul moyen.

Elle ne lui révéla pas qu'elle n'avait pas vraiment le choix, qu'elle agissait ainsi moins pour elle-même, que pour l'avenir de l'entreprise de Travaux Public familiale.

Il releva un sourcil, comme cela semblait être une habitude lorsqu'il était étonné.

— J'aurais plutôt parié que tu rêvais de rencontrer le grand amour !

Il hésita une seconde, avant de rajouter avec une pointe d'admiration dans la voix :

— Je t'avoue être surpris, dans le bon sens, si tu as un tel esprit de winneuse nous risquons parfaitement de nous entendre.

— Tu en doutais ? Le Programme est fait pour former les couples les plus compatibles, non ?

— Oui, c'est sûr…

Elle le considéra avec un intérêt soudain, qui dépassa son simple charme. Était-il aussi réservé qu'elle-même, à propos de ce maudit Programme ? Voilà qui n'était pas sans intérêt.

— Et toi alors, pourquoi te marier ? Tu as toutes les femmes que tu veux, mannequins, actrices, journalistes et que sais-je encore, alors pourquoi ?

À sa vive stupéfaction, il éclata de rire :

— Toi tu lis un peu trop la presse people ! En fait c'est une idée de mon coach. Dans quelques mois je participerai à mes ultimes JO je vais bientôt avoir 30 ans, il est temps que j'envisage un avenir… Paraît-il !

— Tu ne cherches pas non plus le grand amour, railla-t-elle tout en lissant sa robe.

— Est-ce que cela te déçoit si je te dis que non ?

— Au contraire ça me soulage !

L'attelage s'arrêta finalement devant une vaste pelouse en pente douce, qui s'étendait jusqu'à un étang bordé de saules pleureurs et de massifs fleuris. Le groom se précipita, mais déjà Siegfried descendait en aidant Amaryllis. Un homme au sourire jovial, portant un sac et un appareil photo, s'avança vers eux :

— Edgard Rufus, photographe. Nous allons prendre quelques clichés, si vous le voulez bien.

Il les entraîna sur le ponton qui s'élançait au-dessus de l'eau claire du modeste lac artificiel. Avec un professionnalisme amical, il les mit tout de suite à leur aise, du moins surtout elle. Siegfried était accoutumé à de telles séances de shooting. C'est donc avec beaucoup de naturel, qu'il suivait les indications du photographe. Passer un bras autour de la taille de sa jeune femme, la serrer contre lui afin de donner l'illusion d'une complicité presque amoureuse, ne semblait pas lui poser le moindre problème. De son côté, elle se sentait nettement plus empruntée. Cette proximité forcée n'était pas sans la troubler. Elle percevait chacun de ses mouvements avec une acuité particulière. Appuyée contre son torse, elle discernait la moindre de ses respirations, le plus imperceptible roulis de ses pectoraux. Il n'était pas un colosse, sans doute faisait-il dans les 1,80 mètre, toutefois malgré ses talons, il la dépassait si largement qu'elle pouvait sentir son souffle balayer sa nuque.

Des abeilles butinaient un massif d'hortensias bleutés, indifférentes à l'agitation des hommes, indifférentes à l'agitation du cœur d'Amaryllis.

Elle n'était cependant pas dupe. Elle savait que cette séance photos comptait plus dans le rapprochement obligé qu'elle exigeait, que pour les clichés qui en résulteraient. Pourtant, même si elle voyait clair ou le pensait, elle ne pouvait lutter contre le charme bien réel qui émanait de lui.

Elle-même se sentait gauche, maladroite, à la fois révoltée par la situation et pourtant dans l'acceptation de celle-ci. Le grand écart de ses émotions se poursuivait ce qui n'était pas pour l'aider à affronter ce qui lui arrivait.

Les abeilles, là-bas, vrombissaient, tandis que perdue dans ses propres contradictions, elle souriait à l'objectif, se demandant sans cesse ce que lui-même ressentait. Était-il aussi à l'aise et détendu qu'il le laissait croire ?

Enfin le photographe sembla satisfait, sans doute parce qu'il jugea qu'ils n'étaient plus tout à fait de parfaits inconnus à présent.

Ils montèrent à nouveau dans la somptueuse voiture d'attelage, qui les emmena, au trot vif de ses quatre chevaux, dans une autre partie du domaine du mariage, vers un bâtiment plus moderne que le précédent, réservé aux soirées.

Lorsqu'ils entrèrent, elle ne s'attendait absolument pas à ce qu'il y ait autant de monde. Siegfried prit sa main qu'il serra dans la sienne, dans un geste si naturel qu'elle ne se déroba pas. Mais agissait-il ainsi pour la rassurer ou pour une tout autre raison ? Ils traversèrent la salle sous les regards émus et envieux des nombreux convives. Puis ils montèrent sur une estrade, sur laquelle se tenait une longue table où étaient déjà installés leurs parents respectifs. Marchant comme une somnambule, elle ne reprit pied que lorsque Siegfried la présenta à son père.

Impressionnée malgré elle, elle balbutia trois mots inaudibles, pestant contre elle-même. Sans paraître remarquer son trouble, Kurt Frost lui octroya un baisemain qui, s'il pouvait sembler désuet, n'en était pas moins raffiné. Il l'engloba d'un coup d'œil vif, aussi clair que celui de son fils.

De lui, elle savait qu'il était architecte et avait élevé seul son garçon, à la suite du décès de sa femme, emportée par un cancer. Pour conjurer cette perte, il s'était lancé à corps perdu dans le sport, devenant l'un des meilleurs marathoniens de sa génération. Presque naturellement, son fils l'avait suivi. Il avait su lui donner ce goût unique de l'effort et cette agressivité qui faisaient de lui un redoutable champion.

Elle ne savait pas comment de telles informations lui revenaient en mémoire, ni dans quels recoins de son cerveau elles avaient sommeillé. Sans doute d'autres quantités prodigieuses d'informations tout aussi inutiles, devaient être stockées dans ses neurones, au « cas où ». Elle retint un soupir. Comme son nouveau beau-père lui avançait une chaise, elle s'assit avec soulagement. Ses pieds, peu habitués à de telles chaussures, la martyrisaient.

Les premiers plats furent servis par un aréopage de serveurs au style irréprochable. Ils déposèrent devant chacun des convives des assiettes remplies d'amuse-bouches et des verres emplis de la traditionnelle Slivovitz. Son père se leva, son verre à la main, et le silence se fit naturellement.

En étant le père de la mariée le premier toast lui incombait.

— Je bois à ma fille, qui est ma fierté et mon cœur, à Frost son mari, que leur rencontre aujourd'hui soit la plus belle de leur vie.

Avec un bel ensemble, chacun leva son verre et d'une rotation du poignet le vida en entier. Elle ne pouvait échapper à la tradition. La brûlure de l'alcool sembla s'étendre dans tout son corps, dans la moindre de ses plus infimes veinules. Elle vacilla, reposant son verre avec précaution en réprimant un hoquet. À ses côtés, Siegfried avait avalé l'alcool à 70 % sans même frémir. Elle lui jeta un bref coup d'œil, se demandant comment il faisait et comment elle-même tiendrait les prochains toasts. Les serveurs, attentifs, se précipitèrent afin de remplir à nouveau les verres jusqu'à ras bord. Au moment où l'un d'eux se penchait sur celui de Siegfried, il refusa, montrant une bouteille d'alcool qui trônait en face de lui.

— Merci, mais j'ai ma cuvée personnelle.

Il se tourna vers Amaryllis, murmurant à son oreille :

— Je pense que tu apprécieras beaucoup plus ce breuvage…

Elle le regarda sans comprendre, tandis qu'il remplissait son verre. Le prochain toast fut porté par Kurt Frost. Il leva son verre avec enthousiasme et le vida sans broncher. Elle hésita, puis fit de même. Elle fut totalement déstabilisée lorsqu'elle reconnut la saveur fraîche d'une eau minérale. Surprise, elle lança un coup d'œil à son nouveau mari qui la considéra d'un air goguenard. Il se pencha vers elle, afin de lui glisser à l'oreille :

— Je ne bois jamais d'alcool surtout en pleine période entraînement ! Et je ne déroge jamais à mes règles, de toute façon si je le faisais Lutsi, mon coach, me tuerait !

Chapitre 7

Les plats succédaient aux plats, dans une gabegie qui lui donnait le tournis. Elle pinaillait sur chaque assiette qu'on lui présentait, repoussant la nourriture du bout de sa fourchette, sans manger. Siegfried l'observait sans rien dire, jusqu'à ce que, se penchant vers elle, il murmurât :

— Mange un peu, sans quoi tu ne vas pas tenir.

Elle pinça les lèvres, prête déjà à répliquer, lorsqu'elle croisa son regard. Sa bouche ravala les mots qu'elle s'apprêtait à lui jeter. Ses yeux clairs brillaient d'une douceur inattendue. Il ne cherchait pas à lui imposer quoi que ce soit, seulement à l'aider, ce qui la déstabilisa. Elle remarqua alors, qu'il faisait lui-même très attention à ce qu'il avalait. Il repoussait sauce et plats gras, se contentant de goûter aux légumes et aux poissons. Il suivit son regard, lui décochant un demi-sourire tout en lâchant :

— L'entraînement toujours…

Le repas s'éternisa, puis ce fut le moment de couper le traditionnel gâteau de mariage, recouvert de meringue blanche. Ils furent invités à se lever, et, tenant ensemble un imposant couteau à manche d'argent, à en trancher la première part.

La soirée s'étirait en de longues heures épuisantes pour Amaryllis qui n'en pouvait plus. Elle s'évertuait à sourire, gardant la tête haute, refusant de laisser paraître la moindre faiblesse. Sans vergogne, les convives l'observaient avec un mélange de jalousie vive et d'envie palpable. Sans doute qu'épouser un homme considéré comme une sorte de héros national et de sex-symbol, n'allait pas lui simplifier la vie ! Siegfried semblait quant à lui, totalement indifférent aux émotions qu'il suscitait. Sa notoriété publique paraissait le cadet de ses soucis. Finalement, le moment tant attendu par certains, arriva enfin. Siegfried se leva et tendit la main à sa jeune épouse : il était l'heure pour eux d'ouvrir le bal ! D'une démarche qui laissait transparaître ses capacités physiques, il l'amena au centre de l'immense salle, soudain plongée dans l'obscurité, hors un spot braqué sur eux. Passant un bras autour de la taille de la jeune femme, il l'enlaça avec grâce, tandis qu'elle posait une main sur son épaule. Se penchant vers elle, il chuchota :

— J'espère que tu sais danser…

Elle rejeta la tête en arrière, dardant son regard doré dans le sien, tout en rétorquant :

— Si tu me marches sur un pied, je promets de t'assommer !

Il lui lança un sourire railleur, tandis que les premières notes de musique s'égrainaient. Avec vivacité, il l'entraîna dans une valse tournoyante, sensuelle, ou soudain ils ne semblaient plus faire qu'un. Leurs gestes, unis par la danse, laissaient transparaître une harmonie inattendue. Sa robe blanche se gonflait tel un diaphane pétale de pavot, tandis que leurs pas s'accordaient sans effort. Peu à peu d'autres couples vinrent les rejoindre, et bientôt la piste fut pleine.

Sa main effleurant la nuque de son cavalier, elle se laissait guider, le suivant sans effort. C'était une sensation intense, neuve, unique, qui la laissait à la fois désorientée et euphorique. Entre ses bras, elle aurait pu danser jusqu'au bout de la nuit. Pourtant au bout d'un temps qui lui parut trop court, il glissa à son oreille.

— Si nous partions ?

Brusquement rappelée à la réalité, elle sursauta, effarée. Avec tout ça elle en avait presque oublié la nuit de noces ! Elle prit une profonde inspiration, marmonnant un vague « oui ».

Quelques minutes plus tard, abandonnant les convives bruyants, ils se retrouvèrent dans le calme ouaté d'une somptueuse limousine. Trouant la nuit de ses phares, elle les emporta à l'autre bout du parc, dans un délicieux cottage. Épuisée, Amaryllis descendit de la voiture, les pieds meurtris et le cœur au bord des lèvres. La voyant clopiner, Siegfried la souleva entre ses bras, comme si elle ne pesait rien. Elle voulut protester, mais il coupa court à ses récriminations d'un simple sourire.

— Eh merde, songea-t-elle, c'est l'enlèvement des Sabines !

Elle n'eut pas le loisir de récriminer, trop éreintée par cette journée, par cet avenir étrange qui se profilait de plus en plus clairement, au travers des brumes incertaines du futur.

D'un coup d'épaule, il repoussa la porte, franchissant le seuil du ravissant cottage, Amaryllis dans ses bras.

— Bon normalement ce devrait être le pas de notre maison, disons qu'on va s'en tenir aux symboles, d'accord ?

Tendue, elle ne répondit rien. Il la déposa alors avec précaution au milieu d'une vaste pièce, une chambre à vrai dire, éclairée seulement par les lueurs mouvantes de dizaines de bougies. Amaryllis pivota sur elle-même, fixant tour à tour les tapis douillets et l'immense lit parsemé de pétales de roses. Le romantisme du décor lui fit l'effet d'une douche froide. Elle se tourna vers Siegfried, qui lui renvoya un regard tout aussi atterré.

— Écoute, nous ne nous connaissons pas… et, commença-t-il avec embarras.

— On va y aller mollo, acheva-t-elle.

Il hocha la tête, lui retournant un sourire soulagé.

— C'est ça ! Je vais prendre une douche, je suis rincé ! Je crois que j'étais plus frais après mon dernier Ironman !

Il commença par enlever sa veste, la déposa sur le dossier d'une chaise, avant de rajouter :

— À moins que tu veuilles prendre la salle de bains avant ?

Elle refusa d'un geste.

— Oh non, vas-y, je suis naze, je ne rêve que de m'écrouler dans un coin, et ne plus jamais bouger, fit-elle en se laissant tomber sur le lit parmi les pétales.

Il retint un sourire, déboutonna son gilet et enleva enfin sa chemise avec un plaisir visible. Dans la lumière vacillante des bougies, sa musculature sèche de coureur et de nageur, se jouait des ombres et de la lumière sans qu'il y prête attention. Son corps était visiblement une mécanique sur laquelle il savait pouvoir compter.

Elle se redressa, se mordilla les lèvres, contrariée d'être sous son charme, contrariée d'être aussi sensible au spectacle involontaire qu'il offrait. Avec un brin d'humeur, elle se mit debout en maugréant.

— Attends ! Tu pourrais m'aider… c'est ma robe…, fit-elle en lui tournant le dos et soulevant la masse opulente de sa chevelure.

Sans un mot, il tira sur le lacet de son corset, humant sans le vouloir une bouffée de son parfum, ressentant sous ses doigts la soie diaphane de sa peau. Il se redressa plus vite que nécessaire, tandis qu'elle poussait un soupir de bien-être. Comme battant en retraite, il se précipita dans la salle de bains contiguë. Une douche froide ne serait pas du luxe !

À la fois dépitée et soulagée, les émotions antagonistes ne semblant pas prêtes à vouloir cesser de l'habiter, elle se tourna dans un mouvement d'humeur.

Avisant une coiffeuse éclairée par quelques bougies odorantes, elle s'avança. Sur le meuble ancien, surmonté d'un miroir, elle vit portant son nom, une boîte entourée d'un ruban crème. Curieuse, elle l'ouvrit. Une carte portant la signature de sa sœur l'interpella. D'un geste, elle extirpa une minuscule chemise de nuit, enfin plus un confetti orné de dentelle qu'autre chose, songea-t-elle.

Le mot rédigé par sa sœur, de son écriture affirmée, était une simple et laconique phrase pleine cependant de sous-entendus : « Pour ta nuit de noce… » Cela la pétrifia avant de faire monter en elle, une profonde colère. Elle n'était pas une génisse qu'on menait à la foire ! Furieuse, elle jeta le mince vêtement dans la boîte et se releva précipitamment, sans se préoccuper de sa robe qui entravait ses mouvements. Elle chercha sa valise préparée la veille, la trouvant posée sur un banc.

Quelques minutes plus tard, sa robe gisait

sur l'un des tapis en laine du cachemire, tandis que joyeuse, elle brossait ses cheveux devant la psyché. Les fleurs d'oranger et les pâquerettes, jonchaient le parquet autour d'elle. En bâillant, elle reposa sa brosse. Seulement vêtue d'un long tee-shirt qui lui servait depuis longtemps de pyjama, elle se glissa sous la couette, non sans avoir balancé les pétales aux quatre coins de la chambre !

Elle percevait le bruit de la douche, ne pouvant s'empêcher d'imaginer l'eau ruisseler sur le corps athlétique de Siegfried. Elle frémit, pinça les lèvres et repoussa ses pensées dérangeantes. Elle se pelotonna frileusement sous la couette, fatiguée, mais l'esprit encore trop agité pour pouvoir dormir. Remarquant un carnet en cuir posé sur la table de nuit, elle le prit, parcourant le titre qui s'étalait sur la couverture :

« Guide de la rencontre pour un bonheur durable ».

Elle fit une légère grimace :

— Eh ben, quel programme, ricana-t-elle.

Néanmoins curieuse, elle l'ouvrit à la première page et commença sa lecture :

Chers nouveaux mariés, vous voici formant un tout récent binôme il ne tient qu'à vous de le transformer en couple. Le Programme, usant de toutes sa considérable expérience, a permis votre rencontre. À vous, à présent, de faire connaissance. Malgré les difficultés évidentes que vous devrez affronter, gardez présents en tête, que le taux de connectivité entre deux membres d'un couple formé par le Programme n'est jamais inférieur à 88 %. Il se situe plutôt dans une fourchette allant de 91 à 96 %. Soyez donc assurés que votre partenaire est le meilleur que vous puissiez trouver.

Ce guide va vous aider afin de passer d'une simple attraction, à la force solide d'un couple.

Elle faillit balancer le livre, se retint, tout de même intriguée de savoir ce qui était proposé comme exercices miraculeux afin qu'elle devienne la parfaite Madame Culotte.

Elle pouffa derechef et tourna la page.

Chapitre1 : présentation
Vous ignorez tout l'un de l'autre, il est temps de vous présenter.

Cette introduction était suivie par une liste de questions d'une longueur invraisemblable. Il y avait même la place afin de prendre des notes. Accablée, elle leva les yeux au ciel, hésitant encore une fois entre rire ou pleurer devant l'absurdité de sa vie. À cet instant Siegfried sortit de la salle de bains, une simple serviette ceignant ses reins, tandis qu'il achevait de sécher ses cheveux avec une autre. Des gouttelettes irisaient encore son torse, comme autant de paillettes d'or dans la lueur incertaine des bougies.

Elle déglutit avec peine, tandis que paraissant imperméable à l'effet qu'il produisait, il s'exclamait :

— Qu'est-ce que tu bouquines ?

Sans répondre elle releva le carnet, en dévoilant le titre.

— Ah oui… tout un programme, fit-il à son tour dans un éclat de rire.

Son regard erra une seconde sur la jeune femme, qui à présent démaquillée, faisait encore plus jeune que son âge réel. Vêtue d'un T-shirt arborant un DeadPool chevauchant une licorne, elle semblait avoir 15 ans.

Une énième fois il maudit Lutsi et ses idées !

Elle paraissait à la fois perdue, en colère et épuisée. Pourtant, elle était encore plus ravissante que lorsqu'il l'avait vue pour la première fois, à la maison du mariage, à peine quelques heures auparavant. Sa beauté l'avait soufflé, le laissant paralysé. Les relations humaines n'étaient pas son fort. Retenant un soupir, il finit de se sécher les cheveux et laissa tomber la serviette sur le sol.

Même ainsi vêtu, en tout et pour tout d'un caleçon, il ne parvenait pas à être ridicule. Amaryllis fut une fois de plus frappée par sa plastique, jusqu'à ce que son regard s'arrête sur ledit caleçon. Elle se pinça les lèvres afin de réprimer le fou rire nerveux qui menaçait une fois encore de l'envahir.

Il la dévisagea sans comprendre, ce qui ne parut pas la perturber plus que ça. Il se glissa dans le lit aux proportions phénoménales et se penchant vers elle il lui ôta le guide des mains.

— On verra ça plus tard, d'accord ! Dis-moi plutôt pourquoi je provoque chez toi une telle hilarité ?

Elle laissa échapper un gloussement, alors même qu'elle se mordait les lèvres afin de maîtriser son fou rire. Elle hoqueta un vague « je peux pas te dire » qui lui fit lever un sourcil.

— Je suis certain que dans ton guide, ils prônent la confiance et la transparence. Alors ?

Elle respira un grand coup afin de reprendre le contrôle et lui répondit :

— Je te le dirai, mais pas ce soir. Je te promets de te le raconter pour notre anniversaire de vermeil.

— Vermeil ? C'est dans combien de temps ça ?

Cette fois-ci, elle éclata franchement de rire, tout en lâchant :

— Je l'ignore, mais le plus tard possible !

— Je trouverai bien un moyen de te faire avouer, en attendant, dors bien.

Il n'avait pas plutôt fini de parler qu'il dormait déjà, un sourire serein aux lèvres. Elle le considéra avec stupéfaction, mi-soulagée, mi-déçue elle devait bien le reconnaître, songeant que tous ses amis devaient fantasmer sur sa nuit de noces. Nuit qui cependant serait aussi sage et chaste que si elle la passait avec son chien en peluche !

Sa vie n'allait pas en s'améliorant ! Elle partageait le lit de l'homme le plus sexy du Bergseeland et tout ce qu'il trouvait à faire, c'était de ronfler ! Voilà qui n'était pas très flatteur pour elle. D'un autre côté avait-elle vraiment envie de faire l'amour avec Siegfried sous prétexte que des logiciels informatiques l'avaient décrété ?

Elle voulait décider de sa vie, être libre de ses choix et de ses amours, hélas rien n'avait tourné comme elle espérait. Ce soir, voilà qu'elle était allongée à côté d'un mannequin ronflant imperceptiblement. C'était ridicule, voire complètement ubuesque comme situation.

Chapitre 8

Lorsqu'elle se réveilla, étonnamment fraîche et dispose, Siegfried n'était plus là. Elle jeta un coup d'œil circulaire à la chambre, mais personne. Seul, un rayon de soleil passait au travers des rideaux. Elle soupira. Machinalement elle regarda son Smartphone. 8 h 10 bien trop tôt pour se lever, du moins pour tout être normalement constitué, ce qui ne semblait pas être le cas d'un sportif de haut niveau !

Une quantité invraisemblable de messages s'affichaient dans ses notifications. Sans même en lire un seul, elle éteignit son téléphone, repoussant à plus tard les réponses à cette avalanche. Tout à coup être mariée à un personnage public la rendait elle aussi très intéressante. L'idiotie de tels comportements, l'idiotie de sa vie tout entière d'ailleurs, la frappa une fois de plus.

En reposant son téléphone elle aperçut un papier posé sur la couverture du guide qui trônait sur la table de nuit. Curieuse, elle jeta un coup d'œil :

« Je suis parti courir. À tout à l'heure. » Il était signé d'un S majuscule.

Elle resta une seconde figée, tenant entre ses doigts le carré de papier blanc. La houle contraire de ses émotions, une fois de plus, la submergea. Elle ne pouvait s'empêcher d'être touchée par l'attention qu'il avait eue, tout en étant agacée de l'être ! Comment pouvait-elle être sous le charme de… Monsieur Culotte !

Elle se serait battue pour ça !

Refoulant son agitation mentale, elle glissa le message entre les pages du guide.

Repoussant la couette, pieds nus, elle s'engouffra dans la salle de bains. Se glissant sous la douche, elle chassa l'incohérence de son destin sous une eau brûlante qui la ravigota.

Elle finissait de passer un short en jean et un chemisier blanc, lorsqu'elle entendit claquer la porte du cottage, tandis que quelqu'un s'exclamait :

— Lily !

Sa brosse à cheveux à la main, elle sortit de la salle de bains en marmonnant :

— C'est moi que tu appelles ?

Siegfried, essuyant la transpiration qui ruisselait sur son visage, lui retourna un sourire à la fois charmeur et ironique :

— Tu vois quelqu'un d'autre ici ?

Elle haussa une épaule, tout en essayant de démêler ses longues mèches aux reflets denses.

— Personne ne m'appelle comme ça.

— Personne non plus ne m'appelle Siegfried, donc tout va bien ! rétorqua-t-il avec flegme. Bon, j'ai commandé le p'tit dej, continua-t-il tout en enlevant son T-shirt trempé de sueur. Notre avion est à 12 heures donc il ne va pas falloir trop traîner.

Ah oui après la nuit de noces, voilà qu'elle avait oublié la sacro-sainte lune de miel. Elle ignorait même où ils allaient, tant tout ce qui avait trait, de près ou de loin, avec ce mariage l'indifférait totalement.

Sans pouvoir s'en empêcher, son regard glissa sur le torse de son mari, enfin mari que de nom, énervée pourtant d'être aussi sensible à sa beauté. Elle détourna la tête, à regret, tout en assénant de vigoureux coups de brosse à sa chevelure.

Elle rétorqua avec humeur :

— Je suis prête en deux minutes, et certainement avant toi !

Jetant un coup d'œil par le hublot du long-courrier, elle boucla sa ceinture avant de la régler. Elle bougonna sur son systématisme à voyager derrière des personnes à la circonférence ventrale hors de proportion. D'un geste agacé, elle l'ajusta à sa mince corpulence, grignota l'un de ses ongles, contrariée par ce voyage, ce mariage, en fait par l'ensemble de sa vie !

Elle lança un coup d'œil à Siegfried qui semblait prendre la situation avec beaucoup plus de philosophie qu'elle-même. Relevant la tête, il croisa son regard, y lisant sans effort toute l'agitation de son âme. Cela le toucha en plein cœur, même s'il s'en défendit, même s'il n'avait ni temps ni envie de gérer ses émois.

D'un geste d'une douceur qui la laissa pantoise, il repoussa l'une de ses mèches rebelles, tout en glissant à mi-voix :

— Ça va aller, ne t'en fais pas… Et puis regarde ce que j'ai amené ! s'exclama-t-il en posant le guide sur la tablette devant elle.

Noyée depuis de trop longs jours sous des émotions opposées, elle bredouilla, les larmes aux yeux :

— Tu crois vraiment que ce stupide bouquin est la clé de tout ?

En cet instant précis il avait envie plus que tout de la prendre dans ses bras afin de la protéger des dangers du monde et espérer la rassurer en même temps. Il ne fit pourtant aucun geste, se contentant de répondre d'un ton tranquille :

— Toutes les réponses je ne crois pas, mais ça peut nous occuper pendant les 10 000 heures de vol, non ?

— C'est vrai qu'on va devoir faire quasi le tour du globe…

— Aller au soleil se mérite ! Alors on commence ?

Elle hocha la tête, réclama des feuilles de papier à une hôtesse, en donna deux ou trois à Siegfried en expliquant :

— On va répondre aux questions chacun de notre côté, et on s'échangera les feuilles. Ça te va ?

Il hocha la tête, pas vraiment enthousiaste, mais rien dans ce projet de mariage ne l'avait enthousiasmé, il faut bien le dire ! La seule chance qu'il avait eue, c'était d'être tombé sur Amaryllis. Sa personnalité semblait à l'image de son physique : vive et pétillante.

Ils écrivirent pendant un moment, avant de reposer leur stylo de manière presque synchrone. Sans un mot, ils échangèrent leurs feuilles.

— Qu'elle est ta couleur préférée, lut Siegfried en premier. Bleu, c'est clair, précis, mais quel bleu ?

— Bleu comme la mer sous un ciel d'été, bleu comme le ciel en hiver…

Elle faillit rajouter bleu comme tes yeux, mais se retint. Elle préféra poursuivre sur sa réponse :

— Et toi c'est quoi ? Or ? Mais c'est pas une couleur ça !

Il lui lança un coup d'œil goguenard, tout en

faisant avec assurance :

— Oh que si ! C'est même celle des vainqueurs !

— En effet dans ce cas… Ensuite ton animal préféré : le chien, tiens moi aussi ! Et l'activité qui t'apaise le plus c'est courir, ça, j'aurais pu le deviner toute seule !

— Peut-être, mais toi aussi tu as marqué courir ! Tu cours ? Vraiment ?

Elle haussa une épaule désinvolte :

— Un peu, je ne suis pas une marathonienne, mais j'aime cet effort répétitif, lent, dans lequel le corps s'oublie et l'esprit s'envole. Bref, j'aime courir !

Il la dévisagea avec un étonnement mêlé d'un tout nouvel intérêt. Jaugeant d'un coup d'œil professionnel ses capacités sportives dans le délié de ses gestes, le dessin de sa mince musculature qui présumaient une bonne capacité aérobie. Finalement ce guide était peut-être moins inutile qu'il le pensait !

— Ton plus grand rêve, poursuivit-il. Alors voyons : Faire le tour du monde avec un chameau, ou vivre dans une bibliothèque afin d'avoir accès à des milliers de livres ou encore habiter dans un chalet en montagne et regarder pousser les fleurs des alpages.

Avant même qu'il puisse dire quoi que ce soit, elle s'exclama :

— On n'a pas le droit de juger des rêves des autres !

— Oh ne t'en fais pas ! Je ne juge pas ! Et l'idée de partir avec un chameau est plutôt séduisante, faut avouer. Et puis mon propre rêve lui aussi, peut paraître ridicule par la vacuité et l'égocentrisme qu'il dévoile, non ?

— Tu dis vouloir participer et remporter tous

les Ironman existants, c'est courageux, ambitieux d'accord, ridicule sûrement pas !

L'avion finit par atterrir sur une île paradisiaque. Éreintés et quelque peu abasourdis par le voyage et les événements, ils se retrouvèrent bientôt dans une paillote sur pilotis, plantée au milieu d'un lagon à l'eau turquoise. Hébétée, Amaryllis s'avança sur la terrasse qui prolongeait la chambre. Elle enleva ses Converse, et pieds nus sur les lattes de bois, elle examina les alentours : l'eau paisible du lagon, la plage de sable blanc, le balancement lancinant des cocotiers... Elle réprima un soupir. Ces vacances allaient lui sembler très longues ! Siegfried s'avança à son tour.

— Alors c'est joli ?

Il ne semblait pas plus convaincu qu'elle-même.

— Tu n'aimes pas ? Pourtant c'est bleu !

— À ça oui, c'est même très bleu, bougonna-t-elle.

D'un seul mouvement il enleva jean et T-shirt, et sans même répondre, il plongea dans le lagon aux eaux étales. Agacée, elle leva les yeux au ciel, quand soudain, sa cheville fut brutalement saisie. Elle cria, tenta de se rattraper quelque part, mais peine perdue, elle fut entraînée dans l'eau.

Elle refit surface, suffocante et se retrouva face à Siegfried qui se retenait de rire.

— Mais... mais tu es complètement dingue !

— Elle est chaude, tout va bien Lily !

Elle le dévisagea, hérissée par sa bonne humeur, hésitant à lui arracher les yeux. Elle se contenta de grommeler, tandis qu'il disparaissait dans les eaux translucides. En deux brasses maladroites, elle fut près du ponton où elle agrippa une échelle. Elle grimpa, alourdie et maladroite dans ses vêtements mouillés. Ses pas laissant des traces humides sur les planches chauffées par le soleil tropical, elle entra dans la paillote afin de se changer. Serrant les dents, elle se demanda pour la millième fois ce qu'elle faisait là. Sa vie lui échappait, cette impression était terrifiante. Elle n'avait même plus l'impression d'être elle-même. Comment renverserait-elle cette situation, elle n'en savait rien, mais elle trouverait bien un moyen. En attendant, peut-être était-ce Siegfried qui avait raison : autant profiter de la situation.

Quelques minutes plus tard, vêtue d'un bikini blanc, elle se laissait glisser dans les eaux tièdes. Avec un bonheur animal, elle ferma les yeux, évacuant fatigue et stress dans les eaux calmes et limpides.

Ils restèrent cinq jours. Siegfried était à la fois amical et détaché. Il était toujours d'une humeur constante, à la fois joviale et distante. Chaque matin, il partait pour un long footing sur la plage et les chemins environnants, profitant de la fraîcheur relative de l'aube afin d'effectuer ses vingt kilomètres de course quotidienne.

Amaryllis se réveillait à son retour et tandis qu'il se douchait, elle commandait leur petit déjeuner. Des habitudes s'étaient déjà créées, en si peu de temps, malgré eux.

Ensuite ils partaient pour une visite de l'île. Ils s'étaient vite aperçus que les boutiques à touristes ne les attiraient ni l'un ni l'autre. Ils préféraient les longues randonnées dans la forêt tropicale dense, humide, dont ils revenaient couverts de boue et pourtant souriants.

Le soir, ils allaient goûter quelques langoustes dans l'un des nombreux restaurants. Par chance la notoriété de Siegfried ne débordait pas vraiment des frontières du Bergseeland. Même si les publicités d'Only For Men, se déclinaient dans le monde entier, peu de personnes le reconnaissaient. C'était pour lui un soulagement. Aller et venir en tout anonymat était le must de ce voyage étrange.

Parfois, lorsqu'ils entraient dans un restaurant, les conversations s'interrompaient, tandis que clients ou serveurs, les suivaient du regard. C'était cependant moins pour sa célébrité relative, que pour le couple qu'ils formaient avec Amaryllis. La beauté méditerranéenne de la jeune femme, sa silhouette à la fois délicate et gracieuse, s'opposait en se complétant à la sienne, blonde et solide.

Sans qu'elle le veuille, elle attirait les regards. Plusieurs fois, alors qu'elle lisait paisiblement sur la plage, indifférente au monde, elle s'était fait aborder par quelques dragueurs en mal de conquête. Sa vie était bien assez contrariante sans que de tels individus ne s'y rajoutent ! Furieuse, elle les avait insultés en bergseelandais, langue rude d'origine saxonne, séparée de l'allemand par des siècles d'évolution. Elle savait, par expérience, que cela suffisait en général à impressionner les pénibles.

À Bora Bora cela semblait insuffisant.

Peut-être l'impunité de vacances dans un lieu éloigné de leur quotidien, donnait des ailes à ces play-boys de bac à sable. L'un d'eux, eut même l'audace de s'installer à côté d'elle. Il s'adressa à elle dans un pénible sabir d'anglais mâtiné d'un lourd accent italien. Elle hésitait à lui répondre dans la langue de Shakespeare, qu'elle maîtrisait à la perfection. Elle craignait seulement, en lui répondant, de rajouter de l'eau à son moulin qui n'en avait guère besoin !

Elle hésitait aussi à simplement se lever et partir. Toutefois elle percevait cela comme une fuite : pourquoi devrait-elle détaler devant un tel emmerdeur ? Ne sachant trop quelle stratégie tenir, une colère de plus en plus noire l'envahissait par degré. Soudain une main l'avait fait sursauter en se posant sur son épaule. Une voix avait alors lâché d'un ton sec :

— Tout va bien ma Lily ?

Son admirateur avait pâli en apercevant Siegfried. Pour la première fois, elle avait été heureuse d'être mariée. Évidemment si elle n'était pas passée par la case mariage, elle n'aurait pas eu à subir un tel voyage ni une telle présence. Néanmoins, elle éprouva un soulagement lorsqu'il fixa l'Italien d'un regard glacé, lui demandant ce qu'il voulait. L'homme avait battu en retraite sans demander son reste et tourné les talons.

Amaryllis avait été à la fois heureuse et agacée que Siegfried débarque tel un chevalier blanc afin de la sauver. Comme trop souvent, elle ne savait laquelle de ses émotions prenait le dessus. Elle avait grogné sans beaucoup de conviction, qu'elle se débrouillait très bien. Il avait éclaté de rire, et sans répondre lui avait tendu la main afin de l'aider à se lever. Elle s'était retrouvée contre lui, l'espace d'un instant elle avait cru qu'il allait l'embrasser. Il s'était seulement contenté de lui glisser à l'oreille :

— Oui j'ai vu ça !

Leur entente était cordiale, elle ne pouvait le nier, toutefois elle n'était que cordiale…

Chapitre 9

Pendant le trajet de retour, Amaryllis se posa de multiples questions, sans parvenir à y apporter des réponses : sur ce mariage, sur sa relation avec Siegfried, sur ce qu'elle souhaitait…

Découragée, perdue, elle tourna la tête par le hublot, regardant les nuages défiler sous la carlingue de l'avion en un lent et hypnotique renouvellement.

Épuisée par le voyage, elle suivit Siegfried en mode automatique, sans faire attention ni à la douane ni au taxi qui jacassait en les emmenant vers le centre-ville. Rien à Heinrichburg n'avait changé, ni les ponts aux arches gracieuses, ni les ruelles pavées, ni le front de mer bordé de manguiers. Pourtant, tout lui semblait différent. Les façades, les ponts, la Mer Noire elle-même, à moins que ce ne fût elle qui ait changé…

Le taxi stoppa devant la grille d'une résidence de standing. Un gardien émergea aussitôt et reconnaissant Siegfried, lui ouvrit le portail avec une sorte de déférence, avant de s'occuper des bagages.

Ils traversèrent une allée bordée de pelouses et d'hibiscus en fleurs, puis s'engouffrèrent dans le hall vitré d'un bâtiment aux lignes épurées. Un ascenseur les emmena dans un silence feutré, jusqu'au dernier étage. Ouvrant une porte sur le palier en marbre blanc, Siegfried invita d'un sourire Amaryllis à entrer.

Hébétée, elle découvrit un duplex à la décoration luxueuse, sobre, dans des tonalités de noir, blanc ou acier. D'immenses baies vitrées donnaient sur de vastes terrasses surplombant la mer. La vue était éblouissante.

Elle n'eut toutefois pas le temps de s'étonner plus avant, car une boule d'excitation et de joie pure, se jeta sur eux, faisant des bonds incontrôlables autour de Siegfried. Ce dernier parut tout aussi heureux, et pendant quelques minutes il ne fut question que de roucoulades, de couinements et de léchouilles. Ébahie, elle considéra la scène avec stupéfaction. Jamais encore elle n'avait vu Siegfried comme ça !

Enfin il se redressa, malgré les pleurs du chien, lançant un coup d'œil pétillant à la jeune femme.

— Comme tu aimes les chiens, ça devrait aller n'est-ce pas ? Je te présente Henry, mon pote.

En entendant son nom, ce dernier se tortilla en lâchant un court grognement de bonheur. C'était une sorte de cylindre dodu où les plis s'échelonnaient en fonction de la gravité. Il avait un poil court, d'une chaude couleur caramel, alors qu'une grande tache blanche noyait son cou et sa face babineuse, à croire qu'il s'était renversé un bol de lait dessus. Bref c'était un superbe bulldog anglais, au regard vif, et au caractère très british.

Amaryllis fut plus interloquée par la race du chien, que par le fait qu'il en eut un ! Elle l'aurait volontiers imaginé avec un animal sportif, tel un Malinois ou un Rottweiler, mais en aucun cas avec un machin qui ne semblait passionné que par d'interminables siestes dans un canapé ! Elle s'apprêtait à formuler sa stupéfaction, lorsqu'une voix provenant du salon, la coupa court. Le chien se redressa, et fonça comme un boulet de canon, tandis que Siegfried lui emboîtait le pas. Elle déposa sa veste en jean et son sac sur un meuble de l'entrée, avant de s'avancer à son tour. Le salon était une immense pièce donnant sur une cuisine américaine aux meubles immaculés. Des canapés en cuir noir faisaient face à une baie vitrée occupant tout un pan de mur. La mer et le ciel d'un bleu intense semblaient entrer de plein fouet dans l'appartement.

Un homme d'une petite trentaine d'années au regard aussi sombre que sa tignasse embroussaillée, gratifia Siegfried d'une accolade presque aussi enjouée que Henry. Il vociférait dans un anglais à l'accent étrange, sans que cela paraisse choquer Siegfried. Enfin, apercevant la jeune femme plantée telle une potiche, il s'exclama dans une maîtrise approximative du bergseelandais, qui vrilla les tympans d'Amaryllis :

— Eh, mais c'est la jeune mariée !

Il assena une tape sur l'épaule de Siegfried, en disant :

— Encore plus jolie que lors du mariage, tu ne dois pas t'ennuyer mon vieux !

Sans relever cette affirmation, Siegfried fit en s'adressant à Amaryllis :

— Je ne sais pas si tu te souviens de Nathan O'Sullivan, mon meilleur ami.

Elle se rappelait vaguement de lui, de sa manière de parler et de son exubérance surtout. Cependant toute cette journée était perdue dans des limbes cotonneux, elle n'était donc plus très sûre de rien.

Elle esquissa un sourire crispé, tandis que Siegfried se penchait vers elle, faisant à mi-voix :

— Ne fais pas attention à ce qu'il dit, il est irlandais et doit avoir la moitié de sang de Leprechaun !

Cela ne la rassurait pas ! Sans paraître remarquer son trouble, il poursuivit :

— On s'est rencontré lorsque je faisais mes études à Belfast. Maintenant il a trouvé un boulot comme ingénieur programmeur chez Intensive Intelligence, la plus grosse boîte spécialisée dans l'IA, comme tu dois le savoir.

— Ouais enfin, je suis surtout la nounou de ton foutu clébard, crut bon de préciser Nathan.

— Bah de quoi tu te plains, ça te donne l'opportunité de vivre avec quelqu'un qui supporte tes goûts culinaires, rétorqua Siegfried avec flegme.

— Pas faux ! rigola Nathan, avant d'ajouter : bon c'est pas que je m'ennuie, mais je vais vous laisser à votre nid d'amour et retrouver mon studio insalubre.

Il tournait déjà les talons lorsqu'il se ravisa :

— Tu crois que si j'arrive à obtenir la nationalité du Bergseeland, je pourrais bénéficier du Programme ? Non parce que je suis partant de suite si je peux tomber sur une nana comme elle !

— Déjà rêve pas, avoir la nationalité est quasiment impossible, et même dans ce cas improbable le Programme n'est ouvert qu'aux natifs. Tu le sais mieux que moi, pour alimenter un tel programme il faut énormément de données. Il n'y en aurait pas assez pour les étrangers. Donc mon pote, oublie et rame !

Tandis qu'ils discutaient, le Smartphone de Siegfried les interrompit. Nathan lui fit alors signe qu'il partait.

S'excusant d'un regard envers Amaryllis,

Siegfried prit l'appel sur un « Allo Lutsi ». Henry le bulldog, le considéra avec concentration, avant de pousser un bref aboiement déçu. Amaryllis se pencha vers lui et le grattouilla, tout en embrassant la pièce du regard. Le design était parfait, aucune fausse note dans le décor aux lignes nettes, même pas dans les étagères en verre qui supportant coupes et trophées, couraient au long d'un mur blanc. Mises en valeur dans des cadres, deux médailles olympiques en or, étaient les seules touches colorées.

Elle se mordilla les lèvres. Tout était si luxueux, onéreux, froid et aussi impersonnel que la couverture d'un magazine. Seuls les divers trophées apportaient une touche un peu personnelle. Comment était-il possible de vivre dans un tel décor ? Le mobilier était certainement pensé par un grand décorateur, mais la seule chaleur qu'elle percevait provenait des jouets du chien, disséminés au travers de la pièce. Le reste, hors Henry lui-même, lui donnait presque la chair de poule.

Laissant Siegfried à sa conversation, elle poussa l'une des baies vitrées qui coulissa dans un mouvement feutré. Elle s'avança sur l'impressionnante terrasse qui s'arrondissait autour d'une piscine, comme suspendue entre ciel et mer. Le garde-corps en verre et acier offrait une perspective où rien ne venait gêner le regard. Ainsi la vue sur la mer s'étendait pure, sans limite.

Elle resta quelques secondes, soufflée, impressionnée malgré elle. Un vent léger, porteur de senteurs iodées, s'emmêla à plaisir dans ses cheveux, la tirant de sa contemplation. En contrebas, le ressac de la mer se drossant contre les rochers, était une musique presque hypnotique. À regret elle s'en détourna.

Dans le salon, Siegfried était toujours au téléphone avec son coach. Il lui lança un sourire contrit, et chuchota :

— Je te laisse faire le tour du propriétaire avec Henry !

En entendant son nom, le chien se redressa, prêt à bondir, déjà fou de joie de faire une activité qui *de facto* serait passionnante !

Henry bondissant sur ses courtes pattes derrière elle, Amaryllis grimpa l'escalier en métal au style résolument industriel. Il la propulsa jusqu'à l'étage où un hall baigné de lumière grâce à une baie vitrée, donnait sur une terrasse presque aussi vaste que celle du dessous.

Plusieurs portes s'ouvraient sur le palier. Elle en poussa une au hasard, curieuse. Elle découvrit avec stupéfaction une immense salle de sport contenant un nombre invraisemblable de machines étranges, presque effrayantes. Sans doute était-ce l'indispensable armement pour la préparation d'un tel champion.

Elle referma la porte, en ouvrit une autre qui dévoila une vaste chambre, inondée de soleil. La chambre était, elle aussi, meublée de manière sobre, presque minimaliste, dans des tons de blanc et d'acier. Un lit d'une taille si incroyable qu'elle n'en n'avait jamais vu d'aussi grand, trônait en son centre. Le mur sur lequel il s'adossait, était en verre. Il était possible de l'occulter à volonté. Pour l'heure, il révélait un panorama impressionnant sur le centre historique de la ville, notamment sur les vieilles toitures en tuiles plates, typiques, dont les tons rosés miroitaient au soleil.

Henry sauta sur le lit, déjà prêt pour une sieste ! La jeune femme retint un rire, heureuse de la présence du chien qui parvenait étrangement à donner un peu d'humanité à l'appartement.

Continuant sa visite, elle fit coulisser une porte d'un blanc laqué, dévoilant un dressing phénoménal. Sidérée, elle reconnut ses vêtements soigneusement rangés et suspendus à des cintres. Comment étaient-ils venus là, mystère.

Poussant une dernière porte contiguë, elle entra dans une salle de bains aux proportions en rapport avec l'ensemble du duplex. Baignoire d'angle et douche à l'italienne invitaient à la relaxation dans un effort de sobriété luxueuse.

Quelques minutes plus tard, après une douche qui avait balayé l'inconfort du long voyage, elle se glissa sous la couette du lit king-size, sans plus se soucier de rien. Le chien se coucha contre elle avec un soupir satisfait, tandis qu'épuisée par le décalage horaire, elle s'endormait comme une masse.

Elle verrait demain pour affronter les problèmes !

Chapitre 10

Lorsqu'elle se réveilla, elle était reposée, ce qui était une bonne chose. Elle s'étira en marmonnant, remarquant du même coup que le bulldog n'était plus là, tandis que la place à côté d'elle, dans le lit, n'avait pas été défaite. Siegfried n'avait donc pas dormi avec elle.

Elle haussa une épaule dédaigneuse :

— Pfuff, pour ce que ça me fait, grommela-t-elle.

Elle repoussa la couette, refusant de penser ou d'accorder la moindre attention aux agissements de celui que la loi, que ce foutu Programme plutôt, avait décrété être son mari.

Pieds nus et vêtue d'un T-shirt qui s'arrêtait à mi-cuisse, elle descendit l'escalier métallique. Elle bâilla, se demandant vaguement quelle heure il pouvait être.

Elle se traîna dans la cuisine afin de faire un café, lorsqu'elle fut accueillie par un bonjour enjoué :

— Oh Madame Frost, vous voilà levée !

Elle tourna la tête afin de regarder derrière elle, avant de se rappeler que Madame Frost c'était elle ! Enfin Madame Culotte plutôt, grogna-t-elle en son for intérieur.

Plantée au milieu de la cuisine, une accorte quinquagénaire la dévisageait en souriant. C'était une sorte de caricature de la grand-mère bergseelandaise, avec son chignon blanc bien tiré, son tablier couvert de farine et son autorité effrayante. Sans même attendre de réponse, elle enchaîna avec entrain :

— Monsieur m'a dit de vous laisser dormir. Installez-vous sur la terrasse, il fait un temps merveilleux, je vous prépare immédiatement un bon petit déjeuner.

Amaryllis fut propulsée sur un fauteuil aux coussins douillets, dans lequel elle tomba, alors que la gouvernante poursuivait :

— Combien d'œufs ? Un ou deux ?

— Euh, pas d'œuf merci, juste du café bien noir ça ira.

— Il faut manger ! Je vais vous préparer des toasts pour accompagner votre café.

La jeune femme soupira, sachant d'expérience qu'il était inutile de discuter avec une grand-mère. Elle hocha donc vaguement la tête, tandis que la gouvernante partait fourgonner dans la cuisine. Elle se demanda où était Siegfried, avant de repousser cette pensée parasite.

Elle bâilla à nouveau, se leva et s'accouda à la balustrade en verre et acier, laissant son regard dériver vers l'horizon. La vue était incroyable, elle devait en convenir. La mer bleutée s'effaçait au loin dans la sérénité du ciel. Tournant en criant au-dessus de la marina, des mouettes chahutaient, se disputant quelques butins. C'était bien le seul bruit, hors le ressac incessant des vagues, qui venait troubler la quiétude du matin.

Amaryllis respira avec bonheur l'air salé. Il lui apporta soudain un calme intérieur qu'elle n'avait plus éprouvé depuis des jours. Exactement depuis ce jour où ses parents lui avaient parlé de s'inscrire au Programme.

Aujourd'hui voilà qu'elle était là, dans ce duplex surplombant la Mer Noire. Elle qui rêvait de vie simple, d'un chalet à la montagne peut-être, de jardin potager, de confitures maison et de pouvoir étudier plantes et fleurs, voilà qu'elle était plantée au milieu de tout ce luxe. Quelle ironie.

Tandis qu'elle ruminait, la gouvernante apporta un plateau qu'elle posa sur une table basse en bois noir.

— Le café est servi, Madame !

La laissant à son petit déjeuner, elle retourna s'agiter dans la cuisine. Amaryllis, portée par l'arôme du café, s'installa, une tasse brûlante à la main, dans un canapé moelleux faisant face à la mer. Ramenant ses jambes sous elle, elle savoura son breuvage. Soudain, une masse plissée se jeta sur elle, manquant lui faire renverser sa tasse. Elle se brûla, pesta, mais ne put échapper aux bisous joyeux et baveux du bulldog. Siegfried se laissa tomber à côté d'elle, se servit une tasse de café, la laissant se dépatouiller avec le chien. Enfin satisfait, Henry se coucha entre eux deux, ferma les yeux et se mit immédiatement à ronfler.

— Alors ? Bien dormi ? demanda Siegfried, tout sourire.

Elle lui aurait volontiers fait ravaler sa constante bonne humeur à coups de claques, mais prenant sur elle, elle maugréa un vague « oui » ou ce qui pouvait passer pour une affirmation. Elle ne fit aucune réflexion sur le fait qu'il n'avait pas dormi avec elle, de toute façon pour ce qui se passait dans leur chambre ce n'était pas la peine d'en faire un plat ! Il pouvait bien mener la vie qu'il voulait, elle s'en fichait comme de son premier soutien-gorge !

Il ne parut pas remarquer son humeur rugueuse, ou bien il ne s'en formalisa pas.

— J'ai bossé une partie de la nuit, pas mal de

trucs qui se sont accumulés après ces quelques jours off.

Elle lui renvoya un regard en coin.

— Oui je sais, personne ne peut croire que je doive aussi m'enfermer dans un bureau ! Mais bon je dois choisir les émissions auxquelles je suis invité, les shootings, les interviews des journalistes et tout un tas de bazar de cet acabit.

— T'as qu'à prendre un agent…, marmonna-t-elle.

Il lui resservit du café, tout en répondant :

— Mouais j'aime autant m'occuper de mes affaires moi-même, disons que je suis un maniaque du contrôle.

— Vu ton appart', c'est clair, pas besoin de le préciser…

Il la dévisagea, un sourcil levé d'étonnement, cependant il n'eut pas le temps de répondre car déboula sur la terrasse, un homme aussi carré qu'un ours, brun de poils et de peau, dont les yeux d'un noir profond semblaient scanner le monde.

— Eh p'tit t'es à l'aise là ! T'as pas un Ironman à préparer ?

— Salut Lutsi, content de te voir aussi, rétorqua Siegfried sans se départir de son sourire.

Tiens, songea Amaryllis, le fameux Lutsi.

— Comme il n'était pas à notre mariage, Lily permets-moi de te présenter Lutsi, mon coach.

Elle allait répondre un « enchanté » de rigueur, mais il resta bloqué dans sa gorge, sous le regard scrutateur de l'entraîneur.

— Mouais, pas mal… Y a du potentiel…, lâcha-t-il enfin, comme s'il parlait d'une génisse sélectionnée pour le concours de la plus belle vache. Néanmoins faudra oublier la mayo et te mettre sérieusement au sport, et, attends, c'est quoi ce T-shirt ?

Elle se redressa, son regard doré prenant des teintes cendrées :

— De quoi je me mêle ! Je mange ce que je veux et je porte ce qui me plaît !

Ce qui devait être l'équivalent d'un large sourire, flotta sur le visage du coach, tandis qu'il faisait en s'adressant à Siegfried :

— Elle a du caractère la p'tite.

Il semblait ravi. Siegfried approuva d'un hochement de tête, accompagné d'un regard empli d'une sorte de fierté. Amaryllis resta bouche bée. Elle était tombée chez des fous ! Elle voulut répliquer, quand jetant une pile de magazines sur la table basse, Lutsi, s'exclama :

— Je ne sais pas si tu as vu les articles dans la presse, mais les photos sont pas mal...

— Oui j'en ai parcouru quelques-uns. On a un bon retour, même de la presse étrangère !

Mais de quoi parlaient-ils ? s'interrogea silencieusement la jeune femme. Curieuse, elle attrapa le premier journal, en haut de la pile. Elle l'ouvrit, tombant sur une double page relatant leur voyage à Bora Bora. Ils étaient là Siegfried et elle, en photos, à la plage, au restaurant, en bikini, discutant... Tout était présenté d'une telle manière, qu'on aurait pu croire qu'ils vivaient une histoire d'amour passionnée. Elle crut qu'elle allait vomir son café sur ses genoux.

— Mais c'est quoi ce torchon ! s'exclama-t-elle à la place.

Les deux hommes la dévisagèrent sans paraître comprendre.

— Ben c'est le boulot des paparazzis..., tenta de lui expliquer Siegfried.

— Parce qu'il y avait des types en train de

nous photographier ? s'indigna-t-elle, outrée.

— Y a toujours des gens qui suivent Frost, chérie, qu'est-ce que tu t'imagines, rétorqua Lutsi.

Elle était si ébahie, qu'elle ne réagit même pas au « chérie » qui en d'autres circonstances l'aurait fait hurler.

— Bon vu ton inaptitude vestimentaire, expliqua Lutsi d'un ton sec, j'ai réussi à obtenir que Carolina passe demain vers 10 heures, mais pense à une p'tite diète. Et toi, fit-il en désignant Siegfried d'un doigt impérieux, on a à discuter de ton planning d'entraînement, donc on file dans ton bureau.

Amaryllis resta là, ahurie, furieuse, encore une fois plongée dans un maelstrom d'émotions contradictoires. De quoi ce type se mêlait-il ?

Vexée et très contrariée, elle grimpa en trois bonds à l'étage, claqua la porte de la chambre en fulminant qu'elle n'avait besoin ni de Carolina ni de sport !

Quelques minutes plus tard, c'est la porte de l'appartement qu'elle claquait derrière elle. Une fois dehors, il lui sembla mieux respirer. Elle avait toujours aimé la longue promenade de bord de mer qui longeant la baie, donnait à la ville son surnom de Nice de l'Est.

Une brise tiède, porteuse d'odeurs marines et de rêves de grand large s'égara dans ses mèches ramenées à la va-vite dans une longue queue-de-cheval. Elle n'y prêta pas attention, trop énervée et tendue, non seulement par les réflexions de Lutsi, mais par la situation dans son ensemble.

Elle marcha un moment, indifférente aux touristes qui s'émerveillaient de la couleur de la mer ou de la beauté de l'architecture. Elle grimpa sur les rochers qui bordaient une plage, que des vagues paresseuses venaient lécher tour à tour. De minuscules crabes orange s'égayaient sur leur surface. Le regard perdu vers un horizon vide, elle s'assit, les jambes ballantes dans le vide, alors que la mer clapotait en contrebas.

Elle ne savait plus que penser, hormis que depuis le départ, elle savait que cette idée de mariage était une absurdité. Oui, mais sans cela pas d'études, pas de travail et pas de contrat pour l'entreprise de son père. Elle soupira. Dans quelle galère était-elle tombée ! N'aurait-elle pas pu tomber sur un gentil gars, comme Théo, le mari d'Iris ?

Un pan de son cerveau lui susurra que pour rien au monde elle n'aurait voulu épouser Théo. Sur sa lancée, son cerveau lui fit valoir que Siegfried était plutôt gentil, très gentil même, plutôt agréable à regarder aussi, il ne semblait pas stupide non plus, peut-être avait-elle de la chance, après tout !

Elle faillit s'engueuler elle-même, soudain encore plus furieuse de ces constatations qu'elle préférait refuser en bloc. Une mouette se posa non loin d'elle, lui décochant un regard inquisiteur.

— Qu'est-ce que tu veux toi ! s'écria la jeune fille en agitant les bras.

Si même les mouettes se mettaient à la juger, mais où allait le monde !

Alors qu'elle retenait des larmes de dépit et de colère, une masse plus plissée que poilue, se jeta sur elle, manquant la faire tomber du rocher. Une main la rattrapa juste à temps, tandis qu'elle se faisait copieusement lécher par une grosse langue tiède. Elle repoussa le chien, passant des larmes au rire, ne pouvant rester indifférente à l'exubérance joyeuse d'Henry. Elle le saisit entre ses bras, l'embrassa à son tour, avant que, enfin satisfait, il parte s'intéresser aux crabes qui sautillaient dans les creux des rochers.

Sans un mot, Siegfried s'assit à côté d'elle, observant le large. Comme toujours il semblait serein, ce qui avait le don d'exaspérer Amaryllis, ce matin encore plus que d'habitude. Elle s'efforça de l'ignorer, ce qui n'était pas si aisé. Le vent léger et frondeur lui ramenait des effluves de son odeur et son épaule l'effleurait dans une tiédeur rassurante et énervante à la fois. Elle était tenaillée par l'envie de se jeter dans ses bras, de fondre en larmes, de le frapper à coups de pied et de poings ainsi que de le jeter dans les vagues qui se brisaient à leurs pieds.

Le tumulte d'émotions qu'il provoquait en elle était déconcertant. Trop pour qu'elle cherche à l'analyser. Elle préféra serrer les dents et tout repousser en bloc.

— Je viens souvent ici, c'est calme et la vue est propice à la méditation. Et puis Henry adore courir après les crabes, fit-il soudain, brisant le silence.

Elle lui jeta un coup d'œil acerbe, sans répondre.

— Désolé pour Lutsi, il est comme ça. Le mot tact est inconnu à son vocabulaire. Il faut s'y faire…

— N'importe quoi ! Il est hors de question que je m'y fasse ! Je ne suis pas un objet, un faire-valoir ou je ne sais quoi ! Je fais ce que je veux que cela plaise ou non à Monsieur Lutsi ça m'indiffère ! Je ne voulais pas intégrer le

Programme, je l'ai fait parce que ma famille m'y a poussée et plus ou moins convaincue que ce serait parfait. Mais si j'avais su que je tomberais dans un piège, jamais je n'aurais accepté !

Il blêmit, perdant soudain son sourire.

— Je ne suis pas un piège, je ne veux pas que tu sois triste ou malheureuse ! Je comprends que ce soit compliqué, ça l'est aussi pour moi, mais ne crois-tu pas qu'en faisant quelques concessions nous pouvons y arriver ?

Elle baissa la tête, refoulant des larmes qui une fois encore, menaçaient de la noyer. Tout sauf qu'il la voit pleurer !

Il se leva, lui tendit la main, faisant d'un ton empreint de douceur :

— On rentre ?

Elle le considéra, prise une fois encore dans une houle d'émotions à laquelle rien ne l'avait préparée.

— Lutsi est parti, je te promets que personne ne te forcera à faire quoi que ce soit. Il est abrupt, mais il a une capacité de projection étonnante.

Il se rassit à côté d'elle, ajoutant ensuite :

— Tu sais, sans lui je ne serais pas qui je suis, je n'aurais pas la carrière que j'ai. Il voit loin, plus loin que tout un chacun. Il a misé sur moi alors que je n'avais pas 15 ans ! Je me croyais marathonien parce que j'avais couru et remporté quelques marathons ici et là. Mais lui a vu mon potentiel, il a vu ce que j'étais capable de faire dans une autre discipline que le marathon, où bien sûr je n'avais aucun avenir ! C'était un pari, il a fonctionné. Lutsi ne m'a jamais ni épargné ni menti. Je lui fais totalement confiance.

Elle l'interrompit d'un geste :

— Je sais tout ça ! J'ai tout lu sur la légende du jeune Frost, tu l'as oublié ?

— Alors tu dois savoir que Lutsi est quelqu'un de fiable !

Elle grinça des dents :

— Pour toi sans aucun doute ! Mais il se fiche de moi ! Je ne suis qu'un moyen, tu le sais ! Tout ce qui l'intéresse c'est l'avenir de son poulain.

Il releva la tête, laissant son regard errer sur la mer qui en vagues lancinantes se jetait sur la grève.

— Oui… Sans doute. Tu sais, je vais bientôt avoir 30 ans, ce sont certainement mes ultimes JO ma carrière est presque derrière moi, alors je dois envisager une sorte de reconversion, même si je veux continuer à participer à des Ironman, ce sera différent. Je dois voir plus loin. Lutsi fait d'énormes projections, et pour ce qu'il envisage, il fallait que j'adhère au Programme, que je sois marié. Parce que tous les postes clefs ne sont donnés qu'à des personnes respectablement mariées, on le sait tous !

Elle le dévisagea, surprise :

— Tu vises donc très haut !

Il lui décocha un demi-sourire, à nouveau joyeux.

— Oui, pas moins que le ministère des sports !

Stupéfaite, elle le considéra bouche bée. Avait-elle un instant songé qu'il puisse nourrir de telles prétentions ? Sans doute pas.

— Et moi dans tout ça… Je suis quoi ? Un meuble ? marmonna-t-elle enfin.

— Toi ? Mais tu es ma femme… Tu bénéficieras d'une vie confortable, intéressante et de plein de jolies robes !

— Merveilleux, grinça-t-elle. Et si j'en ai rien à faire de luxe et de robes ? Tout ce que je veux, c'est étudier !

Doucement il repoussa l'une de ses mèches rebelles, mécontent de sa propre maladresse. Évidemment qu'elle s'en fichait d'avoir un dressing débordant de fringues !

— Je suis désolé, je sais que tu te fous pas mal de la mode, c'était une réflexion idiote. Je crois que ce sera à toi de trouver ta voie, pas à moi de te l'imposer. Le Bergseeland est un petit pays, mais il déborde d'opportunités.

Elle ne répondit rien, ne sachant si elle devait le croire, s'il était aussi sincère que son ton le proclamait.

D'un mouvement souple, il se leva à nouveau et lui tendit la main :

— Allez viens, si on allait manger quelque part ?

Au mot « manger » Henry s'était redressé et d'un bond avait couru vers son maître, sa face plissée affichant un sourire plein d'espoir.

— Allez Lily, tu vas décevoir Henry !

Presque à regret elle accepta sa main tendue, de toute façon que pouvait-elle faire d'autre ?

Ils marchèrent ainsi côte à côte, se mêlant à la foule des promeneurs, badauds parmi d'autres. Il ne lui avait pas lâché la main. Craignait-il qu'elle disparaisse à nouveau ? Le contact de sa paume chaude, de ses doigts sur les siens, la brûlait d'un feu qu'elle sentait se propager au long de son bras. C'était presque trop ! Elle ignorait pourquoi. Évidemment elle n'était ni coincée ni ignorante dans les relations avec les hommes. Ses trois années d'études en France l'avaient d'ailleurs bien documentée sur le sujet. Alors pourquoi ce simple contact, anodin, la terrifiait-il ? Pourquoi son bras semblait-il pris dans des glaces brûlantes ? Pourquoi en être aussi bouleversée ? Pourquoi ressentir sur la pulpe de ses doigts, dans le creux du poignet, le battement lent, sourd, du cœur de Siegfried en un écho distant du sien. Pourquoi ?

Toute cette situation n'était qu'un amas de stupidités !

Hélas, engluée dans une multitude d'émotions toujours plus contradictoires, elle ne savait qu'éprouver, entre attirance et exaspération, acceptation et révolte, colère et fascination… Elle était perdue.

Furieuse après elle-même, elle grogna d'un ton froid :

— Je pourrais récupérer ma main !

Il lui lança un coup d'œil étonné, avant de dire avec un sourire un peu trop charmeur :

— Non ! Tu me l'as donnée il y a une semaine, je n'ai aucune intention de te la rendre !

Stupéfaite, elle arracha ses doigts aux siens, en bougonnant un « qu'est-ce que t'es con » alors que son sang semblait soudain fait de lave incandescente.

Chapitre 11

Finalement ils étaient rentrés à l'appartement, n'ayant en fin de compte aucune envie d'afficher leur dissension en public. Avec brutalité elle se rendait compte que sur un simple oui, une acceptation toute bête, sa vie avait pris un virage incontrôlable.

Parce que le téléphone sonnait, Siegfried était parti s'enfermer dans son bureau, son sanctuaire. Amaryllis, désœuvrée, avait tourné en rond avant de se résigner à appeler sa mère. Elle retardait le moment, sachant d'avance la tournure que prendrait la conversation. Avant même que son pouce ne glisse sur le numéro marqué au nom de « maman », elle entendait déjà la voix de sa mère s'exclamer sur sa chance… Elle avait jusque-là reculé le moment de cet appel, mais elle n'avait plus ni choix ni excuse !

Sa mère répondit dès la deuxième sonnerie, excitée et ravie. Amaryllis l'imaginait presque faire des bonds dans son salon.

— Oh ma bichette ! C'est toi ! Raconte-moi, je me languissais tant d'avoir de tes nouvelles !

La jeune femme leva les yeux au ciel, se raccrochant à la balustrade de la terrasse. Pas une seconde elle n'avait manqué à sa mère, elle en était convaincue ! Cette dernière souhaitait seulement avoir des potins sur Siegfried, comme tout le monde sans doute…

Elle ravala son amertume, répondant d'un ton sec :

— Tout va bien maman !

— Eh bien raconte-moi, voyons. Vous êtes revenus à Heinrichburg ?

— Oui, depuis hier.

— Oh, merveilleux ! Dans ce cas je pourrai passer te faire la bise demain, et tu me raconteras tout en détail.

Amaryllis serra les dents. Sa mère se fichait d'elle ! Comme si elle était assez naïve pour croire à un quelconque intérêt véritable ! Elle était partie pendant plusieurs années pour ses études, jamais elle n'avait fait un tel cirque. En réalité tout ce qu'elle voulait, avait un rapport avec Frost, comme si côtoyer une célébrité était contagieux et que soi-même on devenait célèbre en l'approchant…

Pathétique, songea Amaryllis. Elle lâcha, sans même y réfléchir ou le préméditer :

— Impossible maman, Siegfried est en pleine restructuration de son planning d'entraînement et j'ai aussi de mon côté trop de rendez-vous de prévus. Une autre fois.

Sur un bisou sec, elle coupa la conversation.

Elle était à la fois blessée et furieuse. Même si elle s'y attendait, la réalité était toujours plus brutale et blessante.

Enfin peu importait, demain elle irait retirer un dossier d'inscription à l'université de ses rêves, c'est tout ce qui comptait.

Pendant ce temps, Siegfried était sorti de son bureau afin de se changer, puis il avait quitté le duplex en tenue de cycliste. Après tout, ce qu'elle avait dit à sa mère n'était pas faux en fin de compte ! Haussant une épaule indifférente, elle saisit sa liseuse puis s'installa dans l'un des confortables fauteuils de la terrasse. Se demandant vaguement si Siegfried s'y était assis plus d'une fois ! Enfin peu lui importait !

Elle se plongea dans une nouvelle lecture qui eut l'avantage de l'emporter loin de Heinrichburg, loin de sa vie actuelle. Si loin qu'elle en oublia presque où et qui elle était, l'espace d'un moment.

Henry s'écrasa sur ses pieds nus, ronflant comme un mini bulldozer, tandis que la gouvernante, Madame Müller, posait devant elle une limonade maison.

Lorsqu'elle se leva le lendemain, elle était d'une humeur plutôt joyeuse, ayant presque renoué avec son heureuse nature. Il y avait une raison pour cela ! Ce matin, le bureau des inscriptions de l'université serait ouvert dès 10 heures. C'était bien la meilleure nouvelle qu'elle ait eue depuis des jours, donc de quoi se réjouir. Pour l'occasion, elle choisit ses vêtements avec un peu plus de soin que d'ordinaire, optant pour un chemisier blanc et un jean beige. Ses longs cheveux ramenés en un sobre chignon, elle espérait renvoyer l'image d'une étudiante modèle.

Elle descendit, accueillie par Henry ainsi qu'un café noir et brûlant, servi sur la terrasse déjà baignée d'un soleil matinal. De Siegfried nulle trace. Sans doute devait-il courir où nager quelque part. Elle ne s'en préoccupa pas, préférant s'installer dans un fauteuil et savourer son café. La gouvernante la salua d'un tonitruant bonjour, posant devant elle une grande enveloppe.

— Voilà le courrier, Madame.

Étonnée, Amaryllis reposa sa tasse afin de regarder l'enveloppe. Son sang parut se figer dans ses veines lorsqu'elle vit le nom de l'expéditeur : l'université St-Charles.

Fébrilement, elle la décacheta ou plutôt la déchiqueta afin d'en sortir une mince liasse de feuilles. La première était l'acceptation de son dossier en Master 1. Le reste comprenait le règlement intérieur, un planning de cours, une liste d'options à choisir, et d'autres renseignements sur sa future année.

Ses mains tremblaient tandis que, hagard, son esprit refusait de comprendre ce qu'elle avait sous les yeux.

Comment était-ce possible ?

Avait-elle eu un accident et se réveillait-elle à la suite d'un coma ? C'était la seule explication qui lui venait à l'esprit, à moins qu'elle ne soit subitement devenue folle ! Option aussi envisageable, puisqu'elle n'avait pas rempli le moindre dossier d'inscription ! Ce n'était guère plus rassurant.

Henry, indifférent, s'était installé contre elle et ronflait, ses babines étalées sur les coussins blanc cassé.

Elle tournait et retournait les documents, lorsqu'une silhouette s'interposa avec le soleil et qu'une ombre s'étendit sur elle. Une voix coupa court à ses interrogations, en s'exclamant :

— Eh bonjour ma Lily, bien dormi ?

Elle releva la tête. Debout face à elle, Siegfried essuyait, avec une serviette, la transpiration qui perlait sur son visage. Sans doute revenait-il de son premier entraînement matinal.

Sans vergogne, il laissa tomber la serviette et jeta un coup d'œil à l'enveloppe, faisant ensuite avec un plaisir visible :

— Ah, tu as reçu ton inscription !

Déconcertée, elle le dévisagea :

— Mais... Comment sais-tu ça ?

Il ôta son T-shirt trempé de sueur, et agrippant une barre suspendue sous le débord du toit, il commença à effectuer une série de tractions, puis répondit :

— Bah j'avais envoyé un dossier avant que nous partions à Bora Bora.

— Tu... quoi ?

Ébahie, elle resta figée, regardant ses dorsaux et ses deltoïdes bouger harmonieusement sous sa peau claire, tandis qu'il montait et descendait à la seule puissance de ses bras, sans même paraître forcer. Elle s'apprêtait à finalement répondre, lorsque débordant la gouvernante, une sorte de tornade se matérialisa sur la terrasse. D'un geste sec et néanmoins élégant, elle fit signe à Madame Müller de s'éclipser, tandis qu'elle lançait :

— Eh, encore en train de faire de l'esbroufe ?

Siegfried, reconnaissant la voix, réprima un éclat de rire et se laissa glisser au sol.

— Carolina, tu ne me manquais pas !

— Petit rigolo va, file donc faire tes muscles ailleurs, chéri, on a à causer entre filles.

Sans se faire prier, il s'éclipsa non sans lancer un clin d'œil accompagné d'un « bon courage » à Amaryllis.

Du haut de son mètre cinquante-cinq, Carolina était la figure qui faisait et défaisait la mode au Bergseeland. Venue d'Italie, elle avait trouvé dans ce lointain pays une deuxième patrie. Avec son tempérament tout méditerranéen, ses yeux noirs, son teint olivâtre et son accent ensoleillé, elle détonnait, à la fois adulée et détestée. Elle possédait non seulement une marque de vêtements, une agence de mannequins, mais avait aussi sa propre émission de télévision, dans laquelle elle relookait des personnes mal dans leur peau et leurs vêtements.

Elle considéra Amaryllis durant quelques secondes, avant de s'installer dans le fauteuil lui faisant face.

— Alors ma chérie, c'est quoi le problème ?

La jeune fille la dévisagea, ayant oublié qu'elle devait passer ce matin même ! D'une pensée elle envoya Lutsi aux enfers, avant de dire :

— Aucun !

Carolina fronça ses sourcils, aussi sombres que ses cheveux coupés court.

— Y a toujours quelque chose qui cloche, c'est comme ça, même si à première vue tu sembles parfaite... Lève-toi que je te vois mieux.

Amaryllis faillit refuser, mais le regard de Carolina la convainquit que tout effort de résistance serait vain.

Pendant quelques secondes, Carolina la considéra de la tête aux pieds, le visage impassible. Enfin, au moment où Amaryllis commençait à perdre patience, elle lui fit signe de se rasseoir d'un geste sec.

Elle se laissa tomber à côté d'Henry, qui ouvrit un œil, bâilla et se rendormit aussitôt. Encore une fois elle eut la désagréable impression d'être une vache choisie pour participer à la foire locale !

Elle s'apprêtait à ouvrir la bouche, lorsque Carolina la devança :

— Tu as une silhouette sublime, des traits fins et harmonieux, de très beaux cheveux, je ne vois pas ce que je fais là, chérie !

— C'est Lutsi, marmonna la jeune femme d'un ton rageur. D'après lui je dois perdre du poids et réviser ma garde-robe !

— Alors à chacun son job ! Qu'il s'occupe des muscles de ton chéri, et qu'il oublie le reste et surtout la mode et le chic !

Elle fouilla dans son sac à main, en tira un paquet de cigarettes, en alluma une, ce qui parut l'apaiser.

— Une mauvaise habitude, mais bref tu n'es pas mannequin, il serait ridicule de vouloir que tu aies ce type de silhouette ! Tu es petite, tu as une gestuelle affirmée, sportive, c'est sur ça qu'on doit se baser. Il ne comprend rien, l'autre là ! Bon, montre-moi ton dressing !

Sous le ton impérieux, Amaryllis la guida à l'étage, la laissant ensuite farfouiller parmi ses vêtements. Henry les suivit, s'écroulant sur le lit afin de poursuivre sa sieste. Au bout de plusieurs minutes, Carolina, émergea, un sourire pétillant jusque dans son regard de gitane.

— Tout ce qui te manque ma chérie ce sont des robes de cocktail, mais on va s'arranger. Je vais en faire ajuster à tes mesures et je te les prêterai suivant les soirées. Bon, j'ai tout vu, j'y vais !

En passant devant la salle de sport où Siegfried s'entraînait, elle poussa la porte et lança :

— Eh beau gosse, tu diras à ton coach de se mêler de ses fesses, la prochaine fois ! Elle est absolument divine ta chérie !

Siegfried qui faisait des séries de renforcement musculaire en poussant des poids, s'assit sur son banc de musculation, considérant ses visiteuses qui s'encadraient dans la porte.

— Je n'ai jamais dit le contraire !

Carolina le dévisagea en agitant un index parfaitement manucuré :

— Prends-en soin mon gars, sinon il va t'en cuire ! Donc la prochaine fois que ton abruti de coach se prendra pour Karl Lagerfeld, tâche de le remettre à sa place, sinon c'est moi qui le ferai et je ne sais pas qui je prendrai pour taper sur l'autre !

Puis dans un claquement affirmé des talons, elle s'éclipsa, les laissant tous deux aussi ahuris l'un que l'autre.

Ils échangèrent un regard à la fois navré et pourtant joyeux, se retenant tous deux d'éclater de rire. Amaryllis s'apprêtait à refermer la porte, sur un « Je te laisse tranquille », toutefois Siegfried se leva, et s'approcha d'elle, attrapant une bouteille d'eau posée là, avant d'en boire à longs traits tandis qu'il soufflait, la transpiration coulant entre ses pectoraux.

— Je suis désolé Lily, Carolina a raison, tu es absolument parfaite telle que tu es…

La jeune femme soutint une seconde son regard, se demandant s'il était sincère, et surtout ce que le mot « parfait » sous entendait : pour quoi ou pour quelles fonctions surtout !

Elle haussa une épaule agacée, lui claqua la porte au nez et dégringola l'escalier. Elle enfila ses converses, chercha le harnais et la laisse du chien, puis Henry à sa suite, elle partit respirer et réfléchir. Pour ça rien de mieux qu'une bonne marche !

Dans sa tête bourdonnaient les mots inscription validée et robes de cocktail dans un étrange maelström.

Elle avait, en quelques heures à peine,

perdu pied avec tout ce qui faisait son quotidien, tout ce qu'elle était, et depuis, il lui semblait s'enfoncer un peu plus chaque jour.

— Des cocktails ! Bordel de merde ! bougonna-t-elle, furieuse, prenant le bulldog à témoin.

Chapitre 12

Les semaines défilaient, bientôt le mois d'octobre serait là, avec son entrée en Master pour Amaryllis. Elle comptait les jours qui la séparaient de ce moment. Jusque-là, elle menait une existence étrange, partageant une apparente intimité avec Siegfried alors qu'il n'y avait entre eux qu'une tacite acceptation de la situation. C'était du moins les conclusions qu'elle en tirait !

Il s'entraînait presque jour et nuit, et lorsqu'il ne courait ou ne nageait pas, il s'enfermait dans son bureau où nul autre que Nathan ou Lutsi n'avait le droit d'entrer. Enfin si, Henry évidemment ! Mais ni Madame Müller ni elle-même n'étaient conviées, ce qui avait le don de faire enrager la jeune femme. Il y passait d'ailleurs toutes ses nuits, lui laissant l'usage exclusif de l'immense lit de l'étage !

Ils se croisaient donc, bien plus qu'ils ne vivaient ensemble. Il s'était absenté plusieurs jours pour un long shooting en Islande, afin de préparer la prochaine saison d'Only For Men.

Elle avait ricané, songeant que bientôt de nouvelles affiches couvriraient la ville, montrant tous les atouts de Monsieur Culotte.

Pour l'instant, elle refusait de réfléchir en termes d'épanouissement ou de bonheur. Elle gardait son regard fixé sur son entrée à l'université, sur cet espoir fragile d'un retour à une sorte de normalité dans sa vie. Chacun autour d'elle semblait l'envier. Il lui était donc impossible de confier son désarroi à quiconque.

Elle avait bien tenté d'en parler avec sa sœur, mais cette dernière l'avait grondée comme lorsqu'elles étaient enfants.

Amaryllis n'avait donc plus essayé de s'ouvrir à personne, hormis à Henry qui à présent la suivait comme son ombre, ravi d'avoir quelqu'un pour jouer avec lui et l'emmener dans de longues promenades d'où il revenait harassé.

Nathan, lui, semblait presque habiter là, et certains jours elle doutait même qu'il eût vraiment un appartement !

Sans doute que sa présence n'aidait pas à une quelconque construction d'intimité, si tant est que Siegfried l'eut souhaitée. Il n'était pas désagréable, simplement très présent, trop certainement.

Enfin ils vivaient ainsi une vie parallèle, ce n'était sans doute le rêve de personne, mais peut-être le mieux qu'ils pouvaient espérer…

Elle avait tenté de se construire une vague routine au milieu du chaos de sa vie. Ainsi chaque matin, elle enfilait ses chaussures de trail et partait pour un footing qui avait l'avantage de lui vider la tête, et de reprendre pour un court moment le contrôle de sa vie.

Ce matin-là, elle poussa la porte du duplex, essoufflée après avoir monté les escaliers en courant. Elle la referma, étonnée qu'Henry ne vienne pas bondir autour d'elle. Elle s'avança dans le salon, comme toujours tiré au cordeau. Une femme au même moment, descendait l'escalier, portant son peignoir blanc. Elle lui jeta un bref sourire, avant de demander un thé glacé à la gouvernante. Puis elle se laissa couler avec grâce dans l'un des canapés en cuir noir. Une personne extérieure aurait pu croire qu'elle était chez elle !

Le sang d'Amaryllis ne fit qu'un tour, sa colère augmentant non seulement parce qu'elle la reconnaissait, le contraire n'était même pas envisageable, à moins qu'elle ait vécu ses cinq dernières années dans une grotte au Tibet, et encore. Mais en plus parce qu'Henry faisait des fêtes à l'intruse, le traître !

D'une voix qui coulait, chaude et douce comme du miel, celle-ci susurra :

— Ainsi c'est toi, la femme de Frost…

— Ce peignoir est à moi, je vous prierai de dégager, vous n'avez rien à faire ici !

Se redressant, sa vis-à-vis dénoua la ceinture, laissant glisser le vêtement sur le tapis, dévoilant un corps sculptural à la délicate couleur de pain d'épices.

— Je comprends que tu sois surprise, j'en suis désolée. Mais lorsque je viens à Heinrichburg je loge toujours chez Frost.

Amaryllis crut qu'elle allait s'étouffer.

— Non, mais vous êtes stupide ou quoi ? Comment pouvez-vous une seconde penser qu'en étant l'ex de Siegfried vous pouviez vous pointer comme si de rien n'était !

Du haut de son mètre 80, la mannequin ouvrit de grands yeux effarés, avant qu'un rire ne commence à chevroter et à retrousser le coin de ses lèvres.

— Tu ne sais donc pas ?

— Savoir quoi ?

— Ah… Tu ne sais pas ! Écoute, nous sommes parties sur de mauvaises bases. Je m'appelle Tahina, je suis originaire de l'île de la Réunion, c'est une île française, d'où mon accent.

— Je sais parfaitement qui vous êtes ! Vous êtes l'ex de Siegfried, je ne me trompe pas, n'est-ce pas ? Il a semble-t-il toujours eu du goût pour les mannequins…

— Oui, enfin c'est un peu plus compliqué que ça, bafouilla la Française. Je ne sais pas si c'est à moi de te dire ça…

— Me dire quoi ! hurla Amaryllis, folle furieuse.

— Assieds-toi, calme-toi, y a aucune raison de te mettre dans cet état.

— Aucune ? L'ex de mon mari se trouve en sous-vêtements chez moi, mais tout va bien ?

— Les apparences ne sont souvent que ce qu'on voudrait qu'elles soient…

Devant la mine de plus en plus exaspérée de la jeune fille, Tahina prit une profonde inspiration, et finit par dire :

— Je n'ai jamais été la p'tite amie de Frost, nous sommes justes copains tu vois…

Les pommettes d'Amaryllis prirent une teinte rouge vif, tandis que son regard clair devenait noir d'une fureur à peine contenue :

— Non mais pour quelle débile tu me prends ! Pas plus tard que l'année dernière on ne pouvait pas ouvrir un journal sans tomber sur l'une de vos photos en train de roucouler ! Où tu vois que j'imagine quoi que ce soit !

— Je t'assure que tu n'as aucune raison d'être jalouse !

— Je ne suis pas jalouse ! Je veux des explications ? Tu piges la différence ?

— Je comprends… En fait c'est un arrangement que nous avons passé tous les deux. Il n'y a rien entre nous, hormis un deal. Je travaille en free-lance, et il y a deux ans j'ai pas mal bossé avec l'agence de mannequinat de Carolina. M'afficher avec une célébrité de ce pays c'était un vrai tremplin pour ma carrière, vois-tu.

Amaryllis ouvrit la bouche, bien qu'aucun son n'en sortît. Tahina, poursuivit d'une voix douce.

— Je suis spécialisée dans les photos de sous-vêtements, mon image doit apporter un rêve vendeur. Aujourd'hui encore les mentalités sont trop stéréotypées, pas prêtes à accepter que des femmes très féminines puissent aimer d'autres femmes… C'est la triste réalité ! Alors soit je fais mon Coming Out et je perds mon job, soit je continue une vie hypocrite où je mange. Un jour cela changera, mais pour l'instant le choix est restreint, du moins dans mon métier très spécifique… Alors comme Frost avait lui aussi besoin d'un faire-valoir, nous avons monté cette comédie.

Stupéfaite, Amaryllis se laissa tomber sur le canapé le plus proche, Henry lui sautant aussitôt dessus afin de l'embrasser, déposant quelques filaments de bave sur ses avant-bras, mais qu'importe.

— Tu… Tu es…

— Oui je suis gay, alors les mâles alpha comme ton mec, autant te dire qu'ils me font autant d'effet qu'un réfrigérateur. Quoique non, un frigo est plus utile dans ma vie !

Elle s'assit à son tour, avec une grâce frissonnante, rajoutant d'un ton à la fois sensuel et plein de rire :

— En revanche les jolies filles comme toi, c'est autre chose… Il a de la chance Frost !

Tahina resta donc quelques jours, occupant la chambre d'amis, évoluant dans le duplex toujours à demi-nue, ce qui ne semblait gêner personne ! Elle apporta avec elle, outre une sensualité un peu trop exacerbée, une énergie joyeuse qu'elle partageait sans retenue. Amaryllis ne put s'empêcher de lui trouver beaucoup de qualités, même si elle se retenait de la traiter avec amitié.

Parfois le coup de foudre est aussi vrai en amour qu'en amitié, mais dans l'un ou l'autre des cas, la jeune fille ne voulait pas en entendre parler !

Les aveux faits par la Française l'occupèrent cependant assez, pour qu'elle n'ait pas à se pencher sur d'autres révélations ou remises en question. Celles faites par Tahina l'occupaient suffisamment !

Elle se demandait pourquoi Siegfried s'enfermait ainsi de longues heures dans son bureau en compagnie de Nathan, tandis qu'il semblait indifférent à sa propre présence. Leurs rapports étaient courtois, mais n'allaient pas plus loin. Jamais il n'avait esquissé le moindre geste tendre envers elle... C'était à la fois déconcertant, un peu vexant et tout à fait incompréhensible.

Elle commença à échafauder une théorie, puis n'y tenant plus, un soir que Nathan débarquait dans le duplex, elle lui sauta littéralement dessus.

— Nathan ! Je peux te parler une seconde ?

— Euh oui, pas d'souci...

— Assieds-toi, c'est un peu délicat ce que j'ai à te demander...

— Oh top, je ne vis que pour les secrets et leur divulgation !

— Je suis sérieuse !

Il s'avachit dans l'un des canapés, tandis qu'elle se déposait dans un autre, face à lui.

— Tu connais Siegfried depuis longtemps, n'est-ce pas ?

— Ben ouais, plus de 10 ans, on était dans la même université à Belfast.

— Donc, euh… Voilà, tu dois savoir ce qui lui plaît…

— Je ne comprends pas ta question ? Tu peux préciser ?

Elle se mordilla les lèvres, rosit, avant de se lancer :

— Ce n'est pas un jugement, mais je… Je voudrais seulement savoir, est-ce que Siegfried est gay ?

Nathan sursauta, puis éclata d'un rire qui se mua en fou rire. Amaryllis médusée, le dévisagea.

— Quoi ?

— Damned 'vo kroc'hen, s'exclama-t-il entre deux hoquets, retrouvant son irlandais natal sans même y prendre garde.

Essayant de maîtriser son hilarité, il ajouta :

— Franchement c'est quoi cette question ? Tu devrais le savoir mieux que personne, non ?

Elle pâlit, rougit, se renfrogna alors qu'à cet instant précis Siegfried se matérialisait dans le salon, revenant d'une ITW pour la télévision Nationale. Pour l'occasion, il portait un costume sobre qui soulignait sa carrure.

— Quelle question ? s'enquit-il tout en ôtant sa veste de costume et en la déposant nonchalamment sur le dossier d'un fauteuil.

Nathan fut repris d'un fou rire incontrôlable, et ne put que bégayer :

— Amaryllis croit que t'es gay !

Furieuse, la jeune fille se leva d'un bond, se retenant pour ne pas le traîner et le jeter par-dessus la balustrade de la terrasse, lui et sa grande gueule ! Elle préféra les laisser rigoler comme des baleines, bien que Siegfried n'eût pas l'air de trouver ça très drôle. Au moment où elle passait à côté de lui afin de gagner la porte d'entrée, il lui prit le bras.

— Attends !

Elle se dégagea rageusement, alors qu'il murmurait à nouveau :

— Attends, s'il te plaît ! Laisse-moi t'expliquer !

Elle recula, effondrée de honte, atterrée par sa propre naïveté.

Se retournant, Siegfried assena un « Nathan, barre-toi ! » à l'adresse de son ami, qui haussant une épaule désabusée, se leva et les laissa seuls.

Furibonde, Amaryllis s'apprêtait à le suivre, lorsque une fois encore Siegfried la retint.

— Attends, nous devons discuter…

Elle le toisa, lâchant froidement :

— Je crois que c'est assez clair !

Il la regarda, surpris.

— Ah bon ? Non je ne crois pas…

— Ce mariage est une mascarade pour toi comme pour moi, tu me l'as dit dès notre première soirée n'est-ce pas ?

— Ce n'est pas aussi simple Lily…

— C'est très simple au contraire ! Je veux bien être ton sésame pour ta future carrière, mais à une condition, que tu joues franc jeu avec moi.

Il se redressa, retint un soupir excédé, avant de dire d'un ton froid :

— C'est vraiment tout ce que tu veux ?

Elle lui aurait volontiers déballé que non ce n'était absolument pas la vie qu'elle souhaitait, ni de près ni de loin, qu'elle attendait une tout autre relation avec son mari, mais elle ravala ses paroles, se contentant de lâcher :

— Oui !

Puis sifflant Henry qui déboula tel un obus, elle sortit de l'appartement, claquant la porte derrière elle. Siegfried resta là, planté au milieu de son luxueux salon, seul, dérouté, en proie à une colère et à une tristesse qui lui donnaient envie de frapper quelqu'un ou quelque chose. Il fila se changer, enfila un T-shirt et un bas de survêtement, puis sans même mettre de gants, il passa sa rage sur un sac de frappe qui lui servait d'ordinaire à aiguiser son mental et son agressivité. Aujourd'hui il n'avait besoin que d'un exutoire.

Chapitre 13

Pendant plusieurs jours il arbora de vilaines écorchures sur les phalanges, refusant d'en expliquer la cause. Il se jeta avec fureur dans son entraînement en vue de son prochain Ironman dont la date approchait à grand pas. Lutsi était ravi, la saison s'annonçait bien, au vu de l'état d'esprit de son champion !

Amaryllis fit semblant de ne rien remarquer, plus affectée qu'elle voulait bien l'admettre par leurs relations ou plutôt leur absence de relation ! Ils se disaient sèchement bonjour et cela se limitait à ça…

Enfin il fut temps de faire les préparatifs afin de s'envoler vers Nice où aurait lieu l'épreuve. Lutsi enjoignit Amaryllis de les accompagner. Elle maugréa, mais accepta. Après tout elle n'avait rien d'autre à faire et un petit séjour en France n'était pas à dédaigner !

Elle flanqua quelques vêtements dans un sac, embrassa Henry qui ne pouvait être du voyage, et après les contrôles d'usage, s'engouffra dans l'avion, en route pour 2 h 30 de vol.

Lutsi s'était occupé du surcroît de bagages dont le vélo très spécial de Siegfried. Elle s'était fichue de ces détails, se laissant choir à sa place, indifférente en apparence. Siegfried s'était installé à côté d'elle tandis que Lutsi était placé plus loin, à son grand dam d'ailleurs.

Amaryllis réprima un gloussement en entendant le coach fulminer après les hôtesses qui n'y pouvaient rien. Elle sentit Siegfried réprimer lui aussi un rire, tandis que leurs regards se croisaient. Sa gaieté s'évanouit aussitôt. Cela faisait longtemps qu'ils ne s'étaient pas retrouvés aussi proches. Soudain elle se sentit à la fois vulnérable, ridicule et très contrariée d'être aussi troublée.

2 h 30 à passer en tête à tête, elle aurait dû réfléchir, plutôt que de se fourrer dans cette situation !

Son cœur cognait à grands coups tandis qu'il la dévisageait, un sourire dansant dans ses yeux clairs. Il se pencha, posant le manuel du couple sur la tablette devant elle.

— Je crois qu'on n'a pas dû faire tout ce qu'il fallait…

Elle haussa une épaule, tandis qu'une larme perlait au coin de ses yeux. Elle ne répondit rien, s'évertuant à refouler son émotion, partagée à nouveau entre attirance et colère.

— Je suis désolé…, murmura-t-il, réprimant l'envie de la serrer dans ses bras. Il se contenta de lui glisser à l'oreille :

— On fait la paix ?

Elle attrapa un kleenex, se moucha, tout en marmonnant :

— Je savais pas que nous étions en guerre…

— En guerre froide on dira, fit-il à mi-voix, comme s'il craignait qu'on puisse entendre ce qu'il lui disait.

Avec le bruit continu des réacteurs, c'était pourtant une précaution inutile.

— Je suis vraiment désolé, je n'ai pas l'habitude de vivre avec une nana, je suis un ours…

— Vraiment ! Et Tahina c'est quoi, un chameau ?

— Tahina, c'est pas pareil ! C'est une copine, ça n'a rien à avoir !

— Et moi je suis quoi alors ?

— Ben... Tu es..., il bafouilla, mais fut bienheureusement interrompu par une hôtesse qui se penchant vers lui, lui demanda s'il était d'accord afin de faire une dédicace à un enfant.

Il hocha la tête, signa à même le T-shirt du gamin, qui fier comme un pape, retourna en courant à sa place, montrer la signature à sa mère.

— Excuse-moi... On disait quoi ?

Elle réprima un gloussement.

— Tu tentais de m'expliquer la différence qu'il y a entre Tahina et moi, ça paraissait nébuleux et compliqué.

Il lui sourit, réprima un éclat de rire, quand le commandant de bord se planta à côté de lui. Il lui tendit la main, visiblement ému, faisant dans un anglais à peine effleuré par son accent français :

— Commandant Duroy, je suis très honoré de vous avoir à bord, Mister Frost !

Siegfried lui répondit, sur le même ton, avec une maîtrise presque parfaite de la langue de Shakespeare, comme la majorité des Bergseelandais, d'ailleurs ! L'avantage sans doute d'être un petit pays et de ne proposer que des films en VO à sa population !

Ils discutèrent quelques minutes, tandis qu'Amaryllis, vaincue par la fatigue et la tension de ces dernières semaines, s'endormait en appui confortable sur l'épaule de Siegfried. C'était pour lui un fardeau infime et pourtant un poids énorme sur son cœur. Le commandant regagnant enfin son cockpit, il put alors repousser les cheveux échappés de la queue-de-cheval de sa jeune compagne, qui lui chatouillaient le visage. Il l'embrassa doucement sur la tempe, résistant à l'envie de goûter enfin aux promesses de sa bouche. Il se retint pourtant, se contentant de contempler son sommeil. Le pli minuscule entre ses sourcils, l'éclat nacré de ses dents entre ses lèvres entrouvertes, les mèches éparses de ses cheveux, ébouriffées par la ventilation de l'appareil, sa main, qui sans le vouloir, s'était refermée sur la sienne. Il se retenait presque de respirer de peur de la réveiller et de gâcher non seulement son sommeil, mais ce moment particulier, où pour une fois, pour une si rare fois, elle ne lui opposait pas une froideur glacée qui le paralysait.

Il refoula un soupir. La vie, ce mariage... Ce n'était pas ce qu'il aurait souhaité, et pourtant... Aurait-il voulu autre chose ?

C'était encore engluée de sommeil qu'Amaryllis se retrouva dans un taxi, en route pour l'hôtel situé dans le centre-ville, à quelques pas de la promenade des Anglais, à pied d'œuvre pour la course. En bâillant, elle indiqua l'adresse au chauffeur, répondit à ses questions emplies de curiosité, sous les regards admiratifs de ses compagnons de voyage.

— Ben quoi ? Oui je parle français, c'est pas un exploit ! bougonna-t-elle en refaisant sa queue-de-cheval, malmenée par son somme durant le vol.

Elle se laissa ensuite absorber par les paysages, ravie de revenir dans ce pays qui, quelque part, était un peu le sien. Elle n'avait pas encore eu la chance et l'opportunité de visiter cette ville. Du Sud, elle ne connaissait qu'Avignon où elle avait passé un trop court week-end durant ses études. Éblouie, elle s'immergea dans la contemplation de la mer d'un bleu presque turquoise, des montagnes arides aux couleurs minérales en contraste avec le bleu intense du ciel.

L'hôtel était un joli bâtiment en stuc blanc, offrant toute l'apparence d'un palais de la Belle Époque avec ses encorbellements, ses balcons à colonnades et ses bas-reliefs. L'intérieur était tout aussi recherché avec son entrée en marbre gris, ses palmiers en pots et ses fauteuils profonds en cuir patiné.

Avec un certain soulagement, ils se retrouvèrent dans leur chambre, du moins Lutsi dans la sienne et Siegfried et Amaryllis dans la leur. La pièce offrait un joli ensemble de blancheur chic, intemporel, avec ses rideaux gris et jaunes, ses murs immaculés et son lit en cannage. Un balcon donnait sur une cour calme, où les tables du restaurant s'abritaient sous des citronniers. L'endroit avait ce charme à la fois suranné et éternel, bien différent de la modernité affichée des hôtels de Heinrichburg.

Amaryllis s'accouda à la balustrade en fer forgé, respirant avec délice l'odeur des agrumes mêlée à celui de l'iode.

Ravie, un sourire illuminant son visage, elle se retourna en s'exclamant :

— Bon, on va balader ?

Ils n'avaient qu'une heure de décalage horaire avec la France, ce qui était trop peu pour souffrir du moindre jet-lag.

Siegfried s'étira, pas vraiment enthousiaste et déjà perdu dans la course à venir. Elle le remarqua aussitôt, se rembrunit, lâchant alors d'un ton abrupt :

— C'est pas grave, j'irai toute seule !

Elle attrapa son sac à main, mais il la stoppa d'un geste :

— Attends, je viens avec toi !

Elle réprima un sourire ravi, lui répondant d'un haussement d'épaule presque indifférent.

Comme de simples touristes ils arpentèrent la petite ville côtière, admirant l'architecture si particulière. Ils finirent par déambuler sur la célèbre Promenade des Anglais bordée de palmiers majestueux.

Les préparatifs pour l'Ironman, qui aurait lieu le surlendemain, étaient déjà bien avancés. Sur le quai des États-Unis, le village Ironman, point de rencontre des athlètes et des spectateurs, lieu incontournable de l'événement, était déjà en place. Ses boutiques offraient un choix stupéfiant de vêtements techniques et sportifs. Comme des badauds, ils admirèrent chaussettes et T-shirts de marques, avant que Siegfried ne soit finalement reconnu en quelques minutes. Sa participation semblait un véritable événement. Des fans réclamaient des autographes, tandis que d'autres lui demandaient s'il participerait aux J.O. À chacun il répondait en souriant, avec une patience qu'Amaryllis admira.

Enfin, arguant qu'il devait se préparer pour la course, ils purent sortir de la foule, s'éloigner de la frénésie sportive qui avait, semblait-il, envahi la cité. Le soleil s'effaçait lentement, les baigneurs rentraient chez eux, pliant serviettes et parasols, abandonnant peu à peu la baie des Anges à une tranquillité relative.

Avec une espièglerie qu'il ne lui connaissait pas encore, elle sauta le muret séparant la plage de la promenade, et se réceptionna sur la grève couverte de galets.

S'accoudant au muret, il s'exclama :

— Et où tu vas comme ça ?

Dans un envol de mèches brunes, rendues presque dorées dans les ultimes rayons du soleil, elle répondit avec une bonne humeur enjouée, qui, il l'ignorait encore, était son naturel.

— Goûter à la Méditerranée !

Courant à demi malgré les galets, elle enleva ses sandales, retroussa son jean, et pieds nus laissa les vagues venir lui lécher les orteils. Elle ferma les yeux. C'était divin. Puis elle se retourna. Siegfried l'avait suivie et la regardait, un demi-sourire aux lèvres.

— Allez, viens ! Tu penseras à ta course demain !

Quelques secondes plus tard il pataugeait lui aussi, et l'attirant contre lui, il l'embrassa doucement dans la nuque. Elle lui lança un coup d'œil incertain, effaré, auquel il répondit par un simple murmure :

— On a dit qu'on faisait la paix, non ?

Il la sentit souffler, comme si un poids tombait de ses frêles épaules. Il la serra un peu plus contre lui, respirant avec bonheur l'odeur chaude de son cou, de ses cheveux que le vent balayait. Il sentait son corps mince s'alanguir contre le sien, tandis que les vagues caressaient leurs pieds nus.

Tout à coup, alors que le clair-obscur du crépuscule envahissait la plage, elle chuchota :

— Ce n'est pas contre toi, vraiment pas, mais tu vois… Je refuse qu'un abruti de logiciel me dicte mes sentiments !

Il pouvait sentir l'ambivalence de ses émotions dans la contraction de ses épaules et l'abandon de ses doigts sur les siens.

— Je sais, ne t'en fais pas…

Avec douceur il la fit pivoter afin de lui parler en face, de plonger ses yeux dans les siens qui, il s'en doutait, pouvaient héberger toute la tendresse du monde.

— Et si tout simplement on laissait faire le temps, si on oubliait le Programme ? Si on apprenait juste à faire connaissance, sans pression ? D'accord ?

Elle hocha la tête, les yeux brouillés de larmes, espérant qu'avec la nuit il ne le remarquerait pas. Elle parvint à laisser tomber dans un filet de voix, un « d'accord » qui les soulagea tous les deux. Sans rien ajouter, il la prit dans ses bras. Elle se mussa contre lui, en larmes, se raccrochant à ses épaules tandis qu'il l'étreignait avec force.

La journée du lendemain, il la passa en massage, court footing et méditation, tandis que Lutsi récupérait son dossard et son numéro. Deux autocollants lui seraient tatoués sur les bras le jour J. Amaryllis en avait profité pour se fondre dans la petite ville, humer l'air, entrer dans les boutiques et s'extasier sur les produits.

Elle pouvait sentir la tension de Siegfried, même si elle n'avait pas encore pris toute la dimension de l'épreuve qu'il s'apprêtait à affronter. Elle tenait donc à lui offrir un espace de sérénité. C'était bien le moins qu'elle puisse faire.

Enfin le dimanche fut là. Bientôt Siegfried s'élança dans la mer en compagnie de centaines d'autres participants. Certains portaient des combinaisons, bien que l'eau à 23° ne semblât pas froide pour le

Bergseelandais, habitué à nager avec des esturgeons, dans des eaux beaucoup plus fraîches ! Torse nu, il avait plongé dans les eaux calmes de la Plage du Centenaire, soudain agitées par la force des centaines de nageurs. La journée commençait à peine, la ville s'éveillait tout juste, que déjà, les premiers participants bouclaient les 3,8 km de cette épreuve.

Accrochée au premier rang des spectateurs, Amaryllis cherchait Siegfried, voyant déjà défiler les nageurs, au pas de course, enlevant leur combinaison sans même ralentir. Inquiète, elle s'agitait, tandis que Lutsi la considérait avec une certaine goguenardise :

— Ne t'en fais donc pas, tout est sous contrôle !

— Mais, il va prendre du retard !

Le coach aux origines incertaines et à l'accent hasardeux, éclata de rire :

— La victoire d'un triathlon, et *a fortiori* d'un Ironman, ne se joue pas au premier sorti de l'eau, au contraire ! Tout se fait sur la dernière épreuve, sur le marathon, et là crois-moi, Frost est le meilleur. Il nage aussi très bien, mais il garde ses forces.

— Ah, Ok y a une stratégie…

Lutsi lui jeta un coup d'œil en biais.

— Que croyais-tu petite écervelée ? Qu'il suffisait de courir comme un taré ?

Elle faillit rétorquer, mais à cet instant même Siegfried déboula, reconnaissable entre tous : il était le seul torse nu, ce qui était pour lui une sorte de signature. Sur son passage les cris redoublaient, la foule hurlait, surexcitée de voir le champion olympique. Concentré, il courait, impassible, jetant cependant un clin d'œil accompagné d'un sourire à Amaryllis, qui la brûlèrent. Son cœur s'emballa, fit quatre saltos tandis qu'elle suivait du regard son dos à la musculature sèche, efficace, dont l'eau salée s'égouttait jusque sur le tapis. Sans perdre une seconde, même pas un dixième de seconde d'ailleurs, il courut jusqu'à son vélo, enfila chaussures et T-shirt technique, un casque et il était déjà parti pour une boucle de près de 180 km dans l'arrière-pays niçois.

L'effort serait inhumain, avec des dénivelés de plus 2 000 mètres. Même si les paysages étaient à couper le souffle, les coureurs avaient peu le loisir de les contempler ! La journée s'étirait, apportant avec elle une chaleur qui mettait à mal les organismes.

Enfin les premiers cyclistes laissèrent leurs vélos afin de s'élancer pour l'ultime épreuve, le très redouté marathon. La foule s'était agglutinée tout au long de la promenade des Anglais, devenue pour l'heure le sommet de l'effort humain. Siegfried s'élança à son tour, ayant troqué son casque de vélo contre une casquette aux couleurs rouges, noires et jaunes du Bergseeland.

Certains, le visage marqué par l'effort, n'avançaient plus qu'à la force de leur volonté. En comparaison, Siegfried semblait presque frais ! Il s'offrit même le luxe de chercher Amaryllis du regard et de lui envoyer un baiser du bout des doigts. La foule salua le geste bravache par un renfort de hurlements, tandis que le cœur d'Amaryllis se serrait soudain.

Si elle n'avait pas cerné jusqu'à présent, l'intensité de l'épreuve, elle en prenait aujourd'hui toute la mesure. Comment, songeait-elle en regardant les compétiteurs passer sous ses yeux, comment était-il humainement possible de pousser son corps dans de tels efforts ? Le soumettre à de telles souffrances ? À la fois admirative et effrayée par ce que ces hommes et ces femmes enduraient, elle ne pouvait pourtant pas s'empêcher de focaliser ses pensées sur Siegfried. Si certains chancelaient, elle se disait que c'était un concurrent de moins ! C'était sans doute un peu honteux d'avoir de telles pensées, mais elle refusait qu'après tout l'entraînement effroyable auquel il se soumettait, il ne finisse pas classé. Elle aurait même volontiers fait quelques crocs-en-jambe s'il l'avait fallu !

Finalement, après plus de 7 heures d'efforts et de souffrances, 7 h 15 et 37 secondes exactement, Siegfried passa le premier l'arrivée, ayant battu ses adversaires sur un sprint final, dont il avait, semblait-il, le secret.

Il exultait, ayant battu non seulement le record de la course, mais son propre record en Ironman. La course était qualificative pour le championnat du monde, dont la finale se déroulerait à Kailua-Kona dans l'archipel d'Hawaï aux États-Unis.

Comme les premiers coureurs à Honolulu, Siegfried pouvait dire : « Nagez 2,4 miles ! Roulez 112 miles ! Courez 26,2 miles ! Vantez-vous pour le reste de votre vie ! »

Aujourd'hui il venait de s'offrir un billet direct pour Hawaï !

Chapitre 14

Les jours suivants, ainsi que le retour au Bergseeland, furent euphoriques, même si Siegfried était épuisé, autant par la course proprement dite que par les interviews qu'il avait inévitablement dû accorder.

Ils furent donc soulagés de pousser la porte de l'appartement, où une surprise les attendait : Tahina, Nathan ainsi que le père de Siegfried étaient-là, les attendant avec impatience. Pour l'occasion le duplex était rempli de banderoles joyeuses où étaient écrits des « Winner » « Champion » « The best » et autres qualificatifs.

Tahina se précipita sur Siegfried, le serrant dans ses bras en criant des bravos, tandis que Kurt, son père, lui tendait la main avec émotion.

— On a pensé que tu ne voudrais pas une grosse fiesta, donc on a fait dans l'intime, expliqua la Française tout en déposant un baiser joyeux sur sa joue, lui laissant au passage une trace vive de rouge à lèvres carmin.

D'un doigt, Amaryllis l'essuya, avant de se détourner comme si de rien n'était.

Nathan distribua des flûtes de champagne, il lui en tendit une remplie d'un liquide trop pâle pour être du vin :

— Ta cuvée spéciale pour toi !

Ils trinquèrent dans une bonne humeur rare, avant de tous s'installer sur la terrasse où les attendaient des petits fours.

Ils commentèrent avec force de rires et de

cris toute la course. Lutsi obtenant un grand succès avec ses anecdotes concernant la manière dont Amaryllis avait vécu l'événement. Il exposa donc, avec gestes à l'appui, son envie débordante d'annihiler tous les autres concurrents.

— Non mais pas tous, bougonna-t-elle en riant, juste ceux qui étaient en tête !

Les rires redoublèrent. Siegfried ne fut pas le dernier à rigoler, même si son cœur se mit à battre un peu trop vite et qu'une étrange lame brûlante le submergea.

Est-elle moins indifférente qu'elle le paraît ? songea-t-il en lui jetant un coup d'œil qu'elle intercepta sans qu'il le veuille. Sous son regard clair elle se troubla, rosit pour finir par se détourner. Prétextant qu'il manquait des glaçons, elle partit à la cuisine, comme on s'enfuit.

Tahina la rejoignit alors qu'elle remplissait un seau à glaçons.

— Tu veux un coup de main, ma belle ?

— Non c'est bon, merci !

— Je peux te dire un truc, entre nanas ?

— Oui vas-y...

— Tu es un peu trop amoureuse de ton mec, enfin rectification, vous êtes un peu trop amoureux l'un de l'autre pour que les autres humains ne soient pas un chouïa jaloux !

Amaryllis blêmit, avant de laisser tomber d'un ton plus abrupt qu'elle le souhaitait :

— Je ne suis pas amoureuse de Siegfried et lui, il se fiche de moi, donc arrête de sniffer des paillettes de pets de licornes, ça vaudra mieux !

Tahina la considéra avec un petit air goguenard, avant de dire de sa voix onctueuse :

— Si tu le dis ma belle...

— Oui je le dis !

Furieuse, la jeune fille saisit le seau et le posa sur la table de la terrasse, le sang battant à ses tempes. Elle s'assit un peu à l'écart, Henry grimpant aussitôt sur ses genoux afin d'avoir quelques caresses. Sans doute s'était-il langui durant ces quelques jours d'absence. Elle entoura son cou musculeux et plissé de ses bras, le cœur à la dérive, encore.

Se fichait-il d'elle ? Vraiment ? Ou Tahina se montait une romance toute seule ?

Incertaine, partagée une fois encore, elle refoula émotions et incertitudes, refusant d'affronter les méandres mouvants de ses sentiments. C'était sans doute beaucoup trop effrayant pour qu'elle s'y penche…

Prétextant d'être fatiguée elle se leva, et Henry sur les talons, elle se dirigea vers l'étage.

— Si tu as besoin que quelqu'un te borde, ma belle, n'hésite pas ! s'exclama Tahina qui avait peut-être abusé de la slivovitz.

— Merci, mais ça ira, rétorqua Amaryllis en riant tout en montant l'escalier avec Henry bondissant de marche en marche.

Siegfried la suivit du regard, partagé entre l'envie de la rejoindre et sa hantise de brusquer une situation déjà tendue.

Finalement après une douche délassante, elle s'effondra sur le lit, plus épuisée qu'elle le croyait. Elle s'endormit dans la minute alors que le soleil se couchait à peine.

Elle se réveilla avec l'aube, poussa Henry qui ronflait contre elle, s'étira avant d'enfiler un short, une brassière et de partir pour un long footing, qui, elle l'espérait, lui remettrait les idées d'aplomb.

Lorsqu'elle rentra, l'appartement n'était agité

que par les présences plus ou moins bruyantes du bulldog et de la gouvernante qui avait déjà rangé toutes les décorations de la fête de la veille. Le salon avait retrouvé son austérité impeccable de magazine d'architecture. De Siegfried, pas de trace. Elle poussa la porte de son bureau qui résista. Sans doute était-elle fermée à clef. La jeune fille souffla, agacée. Elle tambourina sans que cela ne change rien. Elle finit par lui flanquer un coup de pied et fila prendre une douche en maugréant.

Lorsque ensuite elle jeta un coup d'œil à son Smartphone, elle vit un nouveau message, provenant de Siegfried.

« J'ai des rendez-vous toute la journée, je rentrerai tard. Passe une belle journée. Love »

Elle se retint de balancer son téléphone par la fenêtre. C'était quoi ce « love » !

Madame Müller interrompit son monologue intérieur, en lui disant qu'elle partait plus tôt aujourd'hui. La jeune femme acquiesça, se retrouvant soudain seule dans l'appartement au luxe glaçant.

Elle se mordilla un doigt, contrariée. Rien de tout ça n'était sa vie ! Si au moins elle avait aimé faire du shopping, elle aurait pris sa carte gold et serait allée tout claquer dans des boutiques de modes. Hélas elle détestait de près ou de loin tout ce qui avait trait au lèche-vitrines.

Qu'est-ce qu'elle allait bien pouvoir faire ? Monsieur vivait sa vie, tandis qu'elle se retrouvait seule. Si au moins ses amies étaient là, elles auraient pu rire et glousser ensemble, mais ses trois meilleures copines de lycée étaient toutes disséminées dans le monde, l'une pour ses études, l'autre en voyage et une autre ayant trouvé un job en Australie.

Elle soupira. Ne restait que la lecture et balader Henry !

Finalement elle passa une journée plus agréable qu'escomptée, même si elle avait davantage l'impression d'être à l'hôtel que chez elle. Cet appartement n'avait rien d'un foyer ! Rien de personnel hors les trophées de Siegfried et les jouets d'Henry. Comment vivre dans un endroit pareil ?

En début de soirée, elle se vautra dans l'un des canapés en cuir, le chien grassouillet sur elle, et appuyant sur une télécommande, un immense écran plasma descendit du plafond. Elle pressa le bouton de la télévision, zappant d'une chaîne à l'autre, lorsque son attention fut attirée par les infos. Retransmis en direct, elle put voir Siegfried entrer dans un restaurant huppé, accompagné par un aréopage de mannequins et de journalistes.

Contrariée, elle coupa la télévision, lança un film au hasard, tomba sur « Mamma mia », une comédie romantique, mais bien sûr se moqua-t-elle, partagée entre pouffer ou pleurer. Monsieur se donnait du bon temps tandis qu'elle... Elle quoi ? Restait là, dans cette vie stupide qui n'était pas la sienne.

Soudain son regard accrocha la bouteille de slivovitz entamée la veille. Elle songea qu'un petit remontant ne lui ferait pas de mal, au point où elle en était ! Elle se versa un verre, le but d'un trait, tandis qu'à l'écran les chansons d'ABBA apportaient un élan de vie et d'espoir.

Au bout de trois verres, elle commença à se demander pourquoi Siegfried fermait son « putain de bureau à clef ». Ses pensées étaient erratiques, mais suffisamment lucides pour réaliser l'incohérence de cette conduite. Il devait cacher quelque chose. Mais quoi ? Il ne tenait qu'à elle de le découvrir, songea-t-elle en se levant d'un bond, bousculant Henry au passage. Dans la cuisine elle attrapa un couteau, espérant pouvoir débloquer la porte. Elle s'acharna de longues minutes sans obtenir d'autre résultat que de lacérer le bois de la porte. Sifflant de mécontentement, elle rejeta ses cheveux en arrière, se faisant son regard accrocha les trophées qui s'échelonnaient sur les étagères. Une idée jaillit, qui fit naître un sourire sur son visage.

Elle n'avait pas encore dit son dernier mot…

Lorsque Siegfried rentra enfin, il était presque minuit. Il était vanné. Les soirées et autres mondanités n'avaient jamais été son truc, mais ce soir après l'effort insensé de l'Ironman de Nice, il avait eu encore plus de mal à tenir. Chacun de ses os et de ses muscles semblait vouloir crier une douleur particulière. Il ne rêvait que de s'allonger et dormir pendant au moins douze heures. Ses pieds, malmenés, cicatrisaient vaille que vaille des ampoules dues aux inévitables frottements. Aujourd'hui, enfermées dans des chaussures en cuir pendant des heures, il pouvait être certain que les plaies s'étaient ré-ouvertes.

Sans bruit, il repoussa la porte, puis se laissa tomber sur le premier canapé, enlevant avec délicatesse et soulagement ses chaussures. Il ôta ses chaussettes, notant les déchirures à nettoyer, mais beaucoup trop épuisé pour le faire ce soir. Il se contenta d'apprécier la douceur du parquet sous ses pieds enfin libres.

Le duplex était plongé dans le noir, sans doute qu'Amaryllis dormait déjà. Il eut un pincement au cœur. Le seul vrai bon moment de cette journée aurait été de pouvoir voir la jeune femme, échanger ne serait-ce qu'un bonsoir. Il aurait même apprécié qu'elle l'engueule comme elle en avait le secret. Souriant à cette pensée, il retira sa veste de costume, sa cravate, et en jean et chemise, se dirigea vers la cuisine afin de boire un verre d'eau.

En marchant, ses orteils glissèrent sur un liquide poisseux. Il souleva machinalement son pied, étonné par les taches rouges qui étoilaient le parquet. Il se pencha, examina la souillure de plus près, sachant pourtant déjà en son for intérieur ce que c'était : du sang. Du sang constellait l'appartement !

Affolé, il grimpa l'escalier, l'esprit occupé par une seule pensée : Amaryllis.

Il se jeta dans la chambre où il fut surpris par une bourrasque de vent. À tâtons il alluma le plafonnier, qui éclaira soudain une scène de chaos.

Le mur du fond, en verre, avait été fracassé, des éclats jonchaient la moquette crème, étoilée de gouttelettes sanglantes. Terrifié, il jeta un coup d'œil par le trou béant, s'attendant presque à voir un corps pâle, écrasé sur la pelouse, cinq étages plus bas. Il ne vit rien, mais était-ce à cause de l'opacité de la nuit ?

En se redressant, blême, effrayé au-delà des mots, il remarqua alors une corde qu'il n'avait pas vue en entrant. Il reconnut l'une de ses propres cordes d'escalade, qui nouée autour du pied du lit, pendouillait le long de la façade du bâtiment. Interloqué, il resta là, sans comprendre, lorsqu'il entendit un bref aboiement, provenant du rez-de-chaussée. En faisant attention à ne pas se couper sur les bris de verre, il descendit en deux bonds l'escalier, appelant son chien.

Il l'entendit grogner dans le bureau. Comment était-ce possible, ça, il l'ignorait ! Sans plus se poser de question il poussa la clenche, la porte s'ouvrant sans effort, Henry se jeta sur lui, sautillant avec frénésie.

Ce qu'il remarqua en premier fut la musique, les 4 saisons de Vivaldi qui enveloppaient la scène d'une présence étrange. Ensuite il vit la fenêtre brisée, puis Amaryllis allongée sous une couverture, dans son vieux canapé Chesterfield en cuir patiné où il avait si souvent dormi lui-même, en particulier ces dernières semaines. Un vieux western avec John Wayne s'affairait sur l'écran plat, son esprit notant que c'était son film préféré, étrange hasard. Angoissé, il s'accroupit à côté du canapé, se demandant une seconde, si elle était morte ou vive. Il fut presque immédiatement rassuré en percevant un souffle régulier. Un poids tombant de ses épaules, il la réveilla en la secouant sans vergogne, partagé entre une envie irrépressible de la serrer dans ses bras et de la houspiller tout aussi fort !

— Eh Lily ! Réveille-toi !

Elle souleva les paupières, grommela il ne savait quoi, avant de lui dédier un sourire auquel il ne s'attendait pas.

— Siegfried, c'est toi ?

— Oui, évidemment ! Qu'est-ce qui s'est passé ici ? Tu es blessée ?

Elle sembla reprendre pied avec une part de la réalité, et balbutia :

— Pourquoi aussi tu fais des secrets ! Merde !

Interloqué, il la dévisagea, sentit son haleine

alcoolisée et s'exclama :

— Tu as bu Lily ?

— Euh… Un peu, mais pas beaucoup, précisa-t-elle en hésitant sur le nombre de doigts qu'elle devait donner afin d'illustrer ses propos.

Sachant combien elle ne supportait pas l'alcool, même une goutte était de trop ! Enfin, là n'était pas le problème. Il repoussa la couverture, commençant à tâter la jeune fille, tout en disant :

— Tu es blessée ? Tu as mal quelque part ?

Elle se mit à rire, d'un rire clair, joyeux de collégienne, et repoussa sa main :

— Arrête, tu me chatouilles !

C'est là qu'il aperçut le vague pansement fait avec du papier absorbant et une bande. Sans se préoccuper de ses protestations et de ses gloussements, il défit le bandage taché de sang afin de se rendre compte de la gravité de la blessure. En découvrant la profonde entaille sur l'avant-bras de la jeune fille, il pâlit. Il sortit son téléphone portable, composa le numéro des pompiers, soulagé de savoir que dans les cinq minutes maximum quelqu'un de compétent serait là.

Soulagé d'habiter au Bergseeland où des pompiers à moto étaient disposés dans des endroits clefs afin de pouvoir se rendre dans un délai de quelques minutes à peine chez n'importe qui.

Enveloppant ensuite Amaryllis dans la couverture, il la souleva dans ses bras, afin de l'amener dans le salon où il faisait beaucoup plus chaud. Il la serra contre lui, infiniment reconnaissant de la sentir vivante, de ressentir son poids chaud, palpitant, et de l'entendre marmonner il ne savait trop quoi. Sa tête, dodelinant, s'appuyait sur son épaule avec abandon, tandis que ses cheveux épars frôlaient son visage. Ce n'était que la deuxième fois qu'il la portait, regrettant que ce soit dans de telles circonstances. Pourtant il ne put faire autrement que de se réjouir de sentir son corps frêle se laisser aller entre ses bras.

Il la déposa avec délicatesse dans un canapé, tandis qu'Henry sautait sur elle avec entrain. Il fit mine de le pousser, mais criant presque elle saisit le chien, les larmes aux yeux.

— Laisse-le !

Le mouvement rouvrit la plaie qui se remit à saigner. Il attrapa un rouleau d'essuie-tout, en tira une boule qu'il appliqua en pressant fortement. Elle protesta, mais se laissa faire. Soudain Henry se redressa en aboyant avec une voix grave, quand deux secondes plus tard on sonna à la porte.

Il reposa doucement le bras d'Amaryllis sur la couverture, en murmurant :

— Attends une seconde, ce sont les secours.

Il partit ouvrir la porte, suivi par le bulldog, qui le poil hérissé sur ses plis, grondait avec un courage tout relatif.

— Brigade secteur 3, c'est vous qui avez appelé ?

— Oui, c'est moi, entrez c'est ma femme… Elle s'est coupée…

Tout en parlant, il guida le pompier vers le salon. Posant son sac sur le tapis en laine, ce dernier s'accroupit à côté du canapé où Amaryllis reposait.

— Bonsoir Madame, je suis pompier-sauveteur, pouvez-vous me dire ce qu'il vous est arrivé ?

Siegfried repoussa une mèche des cheveux épars de la jeune fille, répondant à sa place :

— Elle s'est profondément coupée au bras gauche !

Le pompier releva la tête, disant d'un ton impassible :

— Pourriez-vous me laisser seul avec votre femme ? C'est à elle que je dois parler, y compris des circonstances de l'accident… C'est la procédure.

Siegfried pâlit, glissa un baiser sur la tempe d'Amaryllis qui le retint une seconde tandis qu'il murmurait :

— Tout va bien ma Lily, tu es entre de bonnes mains, avant de rajouter plus fort, en s'adressant au pompier. Je ne l'ai pas frappé si c'est ce que vous pensez !

— Je ne pense rien Monsieur, j'applique les consignes, voilà tout.

Siegfried se redressa, les mâchoires serrées, ses yeux si clairs, à présent gris de colère et de détresse. Il saisit le chien à bras-le-corps et malgré ses protestations vigoureuses et ses trémoussements afin d'échapper à sa poigne, il le déposa sur la terrasse dont il referma la baie vitrée. Henry s'appuya sur la vitre en pleurant, alors qu'Amaryllis râlait presque aussi fort ! Sans s'en préoccuper, il se détourna et partit dans la cuisine. Il refoula une colère prête à poindre, préférant sortir son smartphone et appeler le concierge de la résidence. En quelques mots il lui exposa le problème.

Pendant ce temps, le pompier avait soulevé le papier absorbant déjà gorgé de sang, tout en demandant :

— Avez-vous mal autre part, et pouvez-vous m'expliquer les circonstances de l'accident ?

Elle se redressa, s'exclamant d'une voix hachée :

— J'ai glissé bêtement et je me suis coupée sur la fenêtre. Siegfried n'y est pour rien ! De toute façon il n'était même là...

Sortant divers produits de sa trousse, il commença à désinfecter la plaie.

— Vous ne vous êtes pas ratée en tout cas ! C'est profond, mais je vais pouvoir vous recoudre, d'accord ?

Elle hocha la tête, tandis qu'elle rajoutait :

— Siegfried n'a rien fait, c'est juste moi qui suis trop conne !

Son regard effleurant la bouteille encore sur la table basse, il remarqua :

— Vous avez bu ?

— Oui, mais pas beaucoup... Siegfried n'était pas là, j'étais toute seule et... Je sais pas ce qui m'a pris...

En entrant il avait d'un coup d'œil noté les traces de sang jalonnant le parquet et l'escalier, la pâleur de la jeune femme, son débit de voix haché, prolixe et ses yeux brillants. Il ne tirait jamais de conclusions hâtives, mais son rôle était aussi de comprendre et d'éventuellement protéger les victimes. La richesse de ce quartier n'excluait nullement des scènes sordides...

En l'occurrence, il doutait que le double champion olympique ait frappé ou poussé sa femme, il penchait plus pour la thèse de l'accident. La jeune femme semblait beaucoup trop alcoolisée pour pouvoir inventer quoi que ce soit !

Ayant fini de scrupuleusement nettoyer la plaie béante, il sortit une seringue et un flacon dont il tira quelques millilitres d'un liquide opaque.

— Je vais vous faire une anesthésie locale, ne vous en faites pas.

Elle ne sembla pas très intéressée, son attention restant focalisée sur Siegfried qui ouvrait la porte au concierge. Elle se mordilla la lèvre, réalisant toute la bêtise de ce qu'elle avait fait, malgré les brumes de slivovitz qui engourdissaient son esprit. Elle ne réagit pas aux piqûres, trop préoccupée pour ça !

Dépassé par son inquiétude, ne pouvant résister plus longtemps, Siegfried laissa le concierge gérer la situation matérielle, et s'avança vers le canapé où se tenait Amaryllis. Elle le considéra d'un regard voilé de larmes, tandis qu'elle laissait échapper un balbutiement :

— Je suis désolée Siegfried…

Sans se préoccuper du pompier, il se pencha vers elle, embrassa doucement sa main valide tout en chuchotant :

— Ne t'en fais pas ! Mais tu es folle ! ajouta-t-il, tu m'as fait tellement peur !

Des larmes perlant sur ses cils, elle bafouilla :

— Ce n'est pas ce que je voulais…

— Je sais…

— Puisque vous êtes là, pouvez-vous m'aider Monsieur ? Maintenez-lui le bras dans cette position. Merci.

Puis s'adressant à Amaryllis, il fit :

— Cela risque de piquer un peu, ne bougez pas, d'accord ?

Elle hocha la tête tandis que le pompier enfonçait une aiguille courbe dans sa peau. Elle frémit, mais soutenue par le regard de Siegfried, elle ne bougea pas.

On sonna à nouveau à la porte, cependant le

concierge s'en occupa, ouvrant aux urgences domestiques. Plusieurs ouvriers spécialisés entrèrent dans le duplex, et guidés par le concierge, allèrent s'occuper des réparations. Une fois encore Siegfried songea qu'ils avaient de la chance d'habiter à Heinrichburg où le système d'aide y était performant, sans doute le meilleur au monde. Dans un autre pays, sans doute seraient-ils restés des jours les fenêtres béantes, à attendre qu'une entreprise daigne venir réparer. Ici, grâce au système d'urgence, il en allait tout autrement, en quelques heures à peine tout serait remis en ordre comme si rien ne s'était produit.

Enfin les urgences de toutes sortes s'en allèrent, ayant recousu et bandé le bras d'Amaryllis d'une part et provisoirement réhabilité les fenêtres d'autre part. Les réparations définitives surviendraient le lendemain, mais au moins, tout était à nouveau propre et sécurisé. En raccompagnant le pompier, Siegfried le remercia, puis ajouta :

— Je sais que vous m'avez reconnu, alors si tout cela pouvait rester à l'abri des oreilles de la presse…

— Ne vous en faites pas Monsieur Frost, j'agis sous couvert du secret professionnel. Je n'ai en aucun cas le droit de parler de mes interventions. Ne vous faites aucun souci, occupez-vous de votre femme. Et bravo pour votre victoire, j'ai beaucoup d'admiration pour vous !

L'appartement retrouva son calme, surtout après qu'Henry put entrer à nouveau et sauter d'un bond sur Amaryllis afin de la mordiller de joie, à croire qu'il ne l'avait pas vue depuis des jours ! Elle le caressa en riant, alors que Siegfried remarquait :

— Il était mort d'inquiétude et je crois que ce n'était pas le seul !

Elle se redressa, s'assit malgré la tête qui lui tournait.

— Je suis désolée vraiment, mais aussi quelle idée de faire des secrets !

— Tu aurais dû m'en parler, tu te rends compte que tu aurais pu te tuer !

Elle baissa la tête, marmonnant :

— Sur le coup ça paraissait une bonne idée...

— Une bonne idée de faire du rappel à minuit sur un immeuble de cinq étages !

— Oui ben pourquoi fermer ton bureau aussi !

Il passa une main dans sa nuque aux cheveux très courts, épuisé, répliquant avec une soudaine douceur :

— C'est de ma faute, j'ai gardé certaines habitudes de quand je vivais seul, alors que tu es là... Je ferme à cause de Madame Müller, sans quoi elle rentre, range et je veux au moins préserver cet espace à moi !

Puis il se pencha vers elle, faisant un ton plus bas.

— Viens, allons dormir, je suis épuisé et toi aussi. On aura tout le temps de discuter et se disputer demain, d'accord ? Allez viens, je t'aide...

Elle hocha la tête tandis qu'il la soulevait, et malgré ses protestations bredouillantes il monta l'escalier presque sans effort. Il la posa sur le lit où Henry sauta lui aussi. La chambre était à nouveau sereine, même si un épais plexiglas remplaçait le mur du fond.

Elle s'allongea sous la couette et le chien blotti contre elle, s'endormit aussitôt. Il la contempla quelques secondes avant de se déshabiller et s'étendre à son tour. Il éteignit enfin la lumière avec une satisfaction pleine de reconnaissance, alors qu'Amaryllis, endormie, se retournait et se lovait contre lui. C'est en respirant l'odeur de sa nuque, qu'à son tour, il sombra dans le sommeil.

Chapitre 15

Le lendemain, un brin nauséeuse, Amaryllis se réveilla la première, tentant de se remémorer la soirée de la veille. Le bandage et sa blessure qui l'élançait, le firent très bien ! Elle reprit pied avec la réalité, son cœur galopant soudain à la manière d'un mustang fou lorsqu'elle constata que Siegfried avait dormi avec elle, ou plutôt qu'il la tenait entre ses bras, son souffle effleurant les mèches de sa nuque.

Elle serait bien restée là, à savourer le moment, mais son estomac chamboulé réclamait un café afin de calmer sa houle intérieure. Avec délicatesse, prenant garde de ne réveiller ni Siegfried ni Henry qui dormait vautré au pied du lit, elle se glissa hors de la chambre, ses pieds nus ne faisant aucun bruit.

Elle descendit l'escalier, pas même surprise de constater que le salon était à nouveau impeccable, tous les stigmates de la veille ayant disparu sous la poigne de Madame Müller. Cette dernière, en l'apercevant, prépara une tasse de café noir, comme elle l'aimait, la posant sur la table de la terrasse. Amaryllis se laissa tomber dans l'un des canapés aux coussins douillets, tandis que la gouvernante, les poings sur les hanches s'exclamait :

— Mais qu'est-ce qu'il s'est passé ici ?

La jeune femme leva les yeux de sa tasse brûlante, répondant avec une certaine froideur :

— Je me suis coupée, pourquoi ?

— Tout était sens dessus dessous, c'est la première fois que je vois ça ici !

— Les accidents, ça arrive…

La gouvernante pinça les lèvres, refoulant son mécontentement. Pour qui se prenait cette petite !

— Et Monsieur, est-il parti à son entraînement ?

— Non, pour une fois il dort.

— Comment ! Mais… Mais…

Amaryllis reposa sa tasse d'un geste si brusque qu'elle ébrécha la soucoupe assortie.

— Il est épuisé, laissez-le tranquille !

— Il a un planning, vous ne semblez pas comprendre ça !

— Vous, vous ne semblez guère avoir d'empathie et de compassion ! Il a besoin de se reposer ! s'exclama-t-elle en criant presque, ses yeux pourtant si tendres, transformés en poignards prêts à pourfendre son interlocutrice.

Madame Müller recula d'un pas, marmonna un « bien Madame » qui lui arracha presque la bouche, avant d'aller passer sa colère dans la cuisine.

Amaryllis haussa une épaule, reprit sa tasse, moins préoccupée par les états d'âme de la gouvernante que par la santé de Siegfried.

« Va te faire voir, vieille peau ! » lâcha-t-elle en français à un goéland, gros et paresseux, qui s'était posé sur la rambarde de la terrasse. Elle comprenait soudain beaucoup mieux pourquoi Siegfried fermait son bureau à clef !

Elle respira une longue goulée d'air tiède, débordant de senteurs iodées, ce qui calma son énervement matinal. Quand, entrant d'un pas vif de taureau dans une arène, Lutsi effrita sa bonne humeur par sa seule présence. Il prit place dans l'un des profonds fauteuils, tandis que la gouvernante lui demandait avec un sourire mielleux s'il voulait un café. Elle revint bientôt, posant un petit plateau devant lui comprenant une tasse, du sucre et de la crème.

En se redressant, elle remarqua :

— Monsieur Frost a loupé son entraînement ce matin…

Amaryllis manqua s'étouffer dans son café. De quoi cette sorcière se mêlait-elle !

— Madame Müller, allez donc nettoyer la cuisine, et laissez le coach gérer l'entraînement de Siegfried, ça vaudra mieux !

Les deux femmes se jaugèrent. Amaryllis, restant roide, considéra la gouvernante sans même ciller, d'un regard aussi glacial que son ton. Cette dernière sans doute peu accoutumée à de telles rebuffades, tourna les talons et partit dans un envol de colère.

Lutsi, sans s'en faire, préparait son café, touillant méthodiquement la crème, considérant l'altercation sans dire un seul mot. Enfin, une fois à nouveau en tête à tête avec la jeune fille qui semblait aussi hérissée qu'une chatte ou une poule à qui on aurait voulu toucher un petit, il remarqua :

— Est-ce vrai ?

— Quoi ?

— Frost ne s'est pas entraîné ce matin ?

Elle se redressa d'un bond, le visage furieux, les cheveux ébouriffés, l'œil plein de rage.

— C'est pas vrai ça ! Mais vous ne pouvez pas le laisser tranquille une journée !

— Tu n'as pas l'air de comprendre que…

— C'est vous qui ne comprenez rien ! Il a couru et gagné cette foutue course il y a une semaine à peine, mais laissez-le décompresser un peu, merde à la fin !

— Il se reposera plus tard ! Cette année est

une grosse année, entre les JO, Hawaï, il n'a pas le temps de s'apitoyer sur lui-même.

— Mais vous êtes borné ! Bouché ! Abruti ! Tout en même temps ! Il ne s'apitoie pas, il dort ! Il est crevé !

L'interrompant soudain, une masse plissée et poilue se jeta sur elle, la dévorant de bisous quelque peu baveux, mais quelle importance du moment que l'amour était là, c'est du moins ce que semblait penser Henry en se tortillant, un sourire illuminant sa face pleine de babines.

Effleurant sa tempe d'un baiser, Siegfried s'assit à côté d'elle, tandis que le chien partait chasser le goéland endormi sur la balustrade.

— Qui est crevé ? fit-il en bâillant et en lui volant sa tasse de café.

— Toi, crétin, maugréa sa jeune femme, sans pouvoir s'empêcher de lui retourner un sourire.

Comment était-il possible qu'il l'attire et l'énerve avec la même intensité ?

Il s'étira, lui renvoya un demi-sourire joyeux, même pas offusqué.

— Vu la soirée qu'on a passée, ce n'est pas très étonnant, remarqua-t-il d'un ton débonnaire, sans paraître se soucier des sous-entendus que cela pouvait laisser planer.

Amaryllis rougit, un peu honteuse de son comportement de la veille. Pourtant elle ne parvenait pas à regretter son geste, bien au contraire ! Même sa coupure ne lui paraissait pas si dommageable après tout.

Lutsi les dévisagea l'un après l'autre, se racla la gorge, se méprenant sur la fatigue de l'un et l'embarras de l'autre. Il fronça les sourcils, lâchant tout à coup :

— Ce que vous faites tous les deux ne

m'intéresse pas ! Mais toi, tu dois suivre ton planning, fit-il en pointant un doigt sévère vers Siegfried.

Sans paraître s'en formaliser, Siegfried rétorqua avec flegme :

— Quoi qu'on ait fait ou pas, de toute façon je ne serais pas allé courir ce matin. J'ai les pieds en vrac. La journée d'hier a fini de me les flinguer.

— Montre-moi ça ! s'écria son coach, tout à coup inquiet.

Siegfried lui tendit l'un de ses pieds nus, qu'il examina durant quelques secondes.

— Mouais, c'est pas terrible en effet… Tu désinfecteras et si demain c'est toujours aussi moche je ferai venir le toubib.

Amaryllis ne put s'empêcher de jeter un coup d'œil elle aussi. Elle frissonna en voyant l'état des cloques éclatées et sanguinolentes. Ce type était un grand malade de se mettre dans de tels états !

Percevant peut-être son choc, il lança d'un ton placide qu'il souhaitait rassurant :

— Ce n'est rien ! Trois bobos, dans une semaine on aura oublié.

Puis s'adressant à son entraîneur, il ajouta :

— Ce matin j'irai nager, ça aidera à nettoyer et cicatriser.

Lutsi approuva d'un hochement de tête :

— Oui, OK et suspension de footing durant cinq jours, tu compenseras avec plus de nage et d'entraînements sur machines. Sinon je suis passé te dire que j'avais décroché une invitation à la Garden-Party que donne le Premier ministre dans son chalet. Toi aussi tu es conviée, donc tu tâcheras d'être charmante, fit-il en tendant un index menaçant vers Amaryllis.

Continuant sur sa lancée, sans se préoccuper du regard ulcéré de la jeune femme, il dit :

— J'ai loué une voiture pour tout le week-end, Carolina s'occupe de vos tenues, tout est organisé.

— Oh non, Lutsi… J'ai déjà une bagnole…

— Quoi ? Ton épave ! Tu veux rire mon gars ! Tu dois être à la hauteur de ton image : un jeune et beau champion, mannequin à ses heures. Ne va pas nous casser le storytelling que je m'efforce de bâtir depuis des années !

— Ce n'est pas une épave ! Elle est très chouette ma caisse ! protesta Siegfried.

— Il a un pick-up, un gros machin immonde à l'opposé de ce qui convient à quelqu'un comme lui !

— Il est parfait mon pick-up ! Je peux y ranger tout mon matos pour aller en montagne, mon vélo et même y dormir dedans, je ne vois pas ce que tu lui reproches !

— Oui, bon c'est pour ça que question goûts laisse-nous faire Carolina et moi, ça vaudra mieux…

Amaryllis, qui était restée coite durant tout l'échange, susurra enfin :

— Mieux pour qui ou quoi ? C'est sa vie, il peut bien mener les choix qu'il entend, non ?

Lutsi lui retourna un coup d'œil vindicatif, répliquant sèchement tout en se levant :

— Tu ne vas pas t'y mettre toi aussi ! De toute façon l'affaire est entendue. Donc vendredi vous partez tous les deux pour le Blaustiepfel, vous passerez un chouette week-end, la région est magnifique en cette saison, et une Garden-Party ce n'est pas non plus la mine, faut pas pousser ! Tu vas pouvoir porter des robes et papoter chiffon en mangeant du caviar, donc arrête !

Elle ouvrit la bouche afin d'objecter que robes et mets de luxe étaient les derniers sur le listing de ses fantasmes, mais Siegfried posa sa main sur la sienne, en murmurant :

— On pourra aussi aller se balader, j'adore cette région, pas toi ?

Elle haussa une épaule, sachant déjà qu'elle abdiquerait. Elle grogna seulement :

— Tout le monde aime cette région, si l'État ne limitait pas les touristes ça en serait même clafi…

— Donc tout est en ordre, conclut Lutsi avec satisfaction.

Avisant alors le pansement ornant le bras gauche de la jeune fille, il remarqua :

— C'est quoi ça ?

— Rien, une coupure, bougonna-t-elle, peu encline à entrer dans plus d'explications.

— Ce sera guéri vendredi ?

Elle secoua négativement la tête, espérant tout à coup que sa blessure les sauverait de la corvée.

— Bon, je vais prévenir Carolina, qu'elle prévoit dans ce cas des manches longues…

Chapitre 16

Moins d'une heure plus tard, ils se retrouvaient tous les deux, ou plutôt tous les trois puisque Henry les accompagnait, sur la plage de sable fin qui s'étirait au long de la baie de Heinrichburg.

Peu de monde ce matin-là, l'automne approchait et la tiédeur du soleil n'était plus que relative. Siegfried, sans paraître s'en formaliser, enleva son T-shirt et sans même une seconde de réflexion plongea dans les eaux fraîches de la Mer Noire. Amaryllis, debout sur un rocher, le regarda disparaître entre deux vagues, prise comme trop souvent entre des émotions opposées.

Elle haussa une épaule qu'elle espéra assez indifférente, et sautant sur le sable, elle siffla Henry qui débola de toute la force de ses courtes, mais solides pattes. Comme un dingue, il galopa en grognant après les bernard-l'hermite qui s'égayaient devant lui sur le sable humide. La jeune fille ne put s'empêcher d'éclater de rire en observant son manège, allégeant son cœur du même coup.

Elle s'assit à même le sable, posa à côté d'elle un sac contenant une serviette et les vêtements de Siegfried. Elle enleva ensuite ses sandalettes, puis en short et, pieds nus, partit patauger dans les vagues mourantes. Elle fut surprise par la température de l'eau, plus froide qu'elle ne le croyait. Elle frissonna, cherchant où était Siegfried. Elle l'aperçut au loin, entre l'écume mousseuse des vagues. L'espace d'un instant elle éprouva un soulagement intense, avant de songer qu'il était complètement fou ! Nager dans une eau à une telle température !

— Après tout grand bien lui fasse, grommela-t-elle.

S'asseyant à côté de son sac, elle en sortit un livre dont elle débuta la lecture, sans se préoccuper de rien d'autre. Épuisé par sa chasse aux crustacés, le bulldog vint s'écrouler près d'elle, hors d'haleine.

Elle lui sortit une gamelle et la lui remplit d'eau minérale, avant de reprendre sa lecture.

Un peu plus d'une heure plus tard, Henry releva la tête, le poil tout à coup hérissé. Un grondement roula dans sa gorge, tandis que quelques filles, peut-être à peine plus jeunes qu'Amaryllis s'installaient non loin d'eux. Cette dernière posant une main sur le dos du chien, le calma, même si elle éprouvait le même agacement que lui ! La plage n'était donc pas assez grande pour qu'elles viennent se coller à eux ?

Leur lançant un regard glacial, elle reprit sa lecture, contrariée cependant par leurs jacassements. Impossible de se concentrer sur son histoire, les mots dansaient devant ses yeux sans qu'elle puisse s'y focaliser.

Elle leur jeta un nouveau regard, lorsqu'elle les vit se lever et pousser des cris de guenons. Effarée, elle se demanda ce qui leur arrivait lorsque Henry bondit vers la mer en se trémoussant de joie. Elle tourna la tête, apercevant alors Siegfried qui sortait de l'eau. Le soleil irisait chacune des gouttelettes qui perlaient sur sa peau et dégoulinaient tout le long de ses muscles saillants. Sans se préoccuper des hystériques, les avait-il seulement vues, il lui lança un clin d'œil accompagné d'un sourire qui fit chavirer son cœur, sans qu'elle n'y puisse rien. Il se pencha vers elle, la mouillant au passage de mille gouttes glacées, et l'embrassa dans le cou. Elle gigota, le repoussa, essayant de râler alors qu'elle riait déjà. Elle lui tendit sa serviette au moment même où les groupies se précipitaient vers lui. Son sourire s'évanouit, alors que son regard si clair se chargeait d'orages.

D'un seul mouvement elle fut debout, interceptant l'aréopage.

— Y a le feu quelque part ?

— Euh, on veut juste un autographe…, parut bon d'expliquer une p'tite blonde, alors qu'une grande perche s'exclamait, bousculant Amaryllis, qui s'affala sur les fesses dans le sable, à la fois humiliée et folle de rage :

— Eh Frost, bravo pour ta victoire ! Tu nous fais une dédicace sur nos T-shirts ?

Laissant tomber sa serviette, Siegfried aida Amaryllis à se relever, et la retenant par les épaules, il lança d'un ton cassant à ses jeunes fans :

— Vu le peu de respect dont vous avez fait preuve envers ma femme, ce sera non ! Dégagez d'ici immédiatement !

En disant cela, ses yeux scintillèrent d'une lueur glaciale. Les filles, stupéfaites, tentèrent de se justifier, mais seul Henry, grondant de sa plus belle voix, leur répondit. Siegfried, entraînant Amaryllis à sa suite, leur tourna le dos.

La jeune femme était hors d'elle et leur aurait volontiers fait cracher leurs dents, si Siegfried n'y avait mis le holà. Dans l'ascenseur qui les ramenait chez eux, elle ne décolérait toujours pas, faisant naître un sourire attendri sur le visage de Siegfried.

Enfin, une fois dans le duplex, son énervement tomba peu à peu.

Avant d'aller se doucher, Siegfried jeta un coup d'œil au courrier posé sur la console de l'entrée.

Il fronça les sourcils, avant d'interpeller la gouvernante.

— Madame Müller, le concierge n'aurait pas amené un petit paquet ?

Jaillissant de sa cuisine, la quinquagénaire opina :

— Oui Monsieur, le voici. Il a aussi apporté ça, qu'il a trouvé dans la pelouse en bas, à croire que quelqu'un l'avait lancé…, fit-elle tout en montrant une lourde coupe montée sur un épais socle en marbre.

Le trophée avait un peu souffert de son aventure, le marbre était fendu et ébréché, quant à la coupe, elle était tordue et enfoncée par endroits. Amaryllis se mordit les lèvres afin de ne pas éclater de rire, non de l'état de l'objet, mais de la mine de la gouvernante. Siegfried réprima lui aussi un éclat de rire, même s'il lança un « Ma première victoire en Ironman, quand même… » qui ne la culpabilisa même pas.

Puis, sans plus s'intéresser au sort de cet ancien prix, il tendit le petit paquet à la jeune fille :

— Tiens, c'est pour toi.

Elle le dévisagea, étonnée. Elle l'ouvrit, découvrant une clef toute bête à l'intérieur. Elle lui lança un regard interrogateur, auquel il répondit :

— Tu sais ce que c'est… Tu peux la tester tout de suite si tu veux, je vais me doucher en attendant.

Il la laissa là, pétrifiée, le cœur à la dérive, se demandant comment elle pourrait lutter contre ce foutu Programme qui semblait avoir tout deviné d'elle, d'eux…

Chapitre 17

Le vendredi arriva très vite et déjà Amaryllis finissait de boucler sa valise, tandis que Madame Müller lui enjoignait d'un ton sec de se dépêcher.

L'un des assistants du concierge se chargea de descendre leurs bagages dans le parking souterrain, pendant qu'ils disaient « Au revoir » à Henry.

Apitoyée et le cœur serré de laisser le chien, Amaryllis demanda une fois encore, sans doute pour la centième fois :

— Tu es sûr qu'on ne peut pas l'emmener ? Il est tout petit, il ne dérangera personne, et puis il a un tel charme, il fera craquer tout le monde, p'être encore plus que toi !

Siegfried lui retourna un sourire en coin, et en faisant une dernière caresse à son chien, il affirma une énième fois :

— Je te l'ai dit c'est une Garden-Party pas un BBQ de paroisse, donc non ils ne veulent pas de poils de bulldog dans leurs petits fours !

Devant la mine attristée de la jeune fille, il ajouta :

— Nathan va passer le week-end avec lui, il viendra dès qu'il a fini son boulot, donc vers 15 ou 16 heures Il adore Nathan, il le connaît depuis qu'il est tout petit, ça ira ne t'en fait pas !

Elle embrassa une ultime fois le visage plissé du chien, dont le regard était chargé de reproches implicites. Puis, refermant la porte, elle suivit Siegfried qui avait déjà appelé l'ascenseur. Il la poussa à l'intérieur, alors que, les traits crispés, elle aurait rêvé d'être n'importe où, sauf avec la perspective d'un long et ennuyeux week-end.

D'un doigt, il souleva son menton, dardant ses yeux d'un bleu serein dans les siens :

— Allez, souris, ça va bien se passer !

Mille fois il avait rêvé de l'embrasser, mille fois il avait renoncé. Une fois encore il repoussa cette envie de plus en plus pressante, presque douloureuse, se contentant de caresser sa joue tout en murmurant des paroles rassurantes. Il aurait voulu plus, tellement plus, mais Amaryllis n'avait rien en commun avec les fans qui gravitaient à longueur d'année autour de lui. Elle était à conquérir avec patience et sans doute beaucoup de ténacité : ce n'était pas un souci, il était capable des deux !

Une fois dans le parking, garée aux côtés d'un solide pick-up orange, un peu cabossé, ils trouvèrent une BMW série 8, coupé, d'un gris bleu métallisé. Siegfried poussa un soupir contrarié. Il prit néanmoins les clefs que lui tendait le concierge ; leurs bagages rangés dans le coffre, ce dernier les laissa en leur souhaitant un bon voyage.

En grommelant, Siegfried s'installa au volant, prit tout son temps pour régler le siège et les rétroviseurs, tandis qu'Amaryllis se laissait tomber sur le fauteuil du passager. Elle passa sa main sur la sellerie en cuir noir, puis remarqua, se retenant de rire de l'air agacé de son compagnon :

— Tiens c'est toi qui bougonnes maintenant ? Je croyais que c'était mon exclusivité !

Il lui lança un regard mitigé, avant de démarrer la voiture. Le moteur ronfla dans un doux feulement et, dans un imperceptible crissement des pneus, ils sortirent du parking.

— J'y connais rien en bagnoles, chez nous on n'a que des 4X4, des machins qui peuvent aller sur les chantiers et transporter des sacs de ciment, donc bon, je ne pourrais pas juger, mais elle n'a pas l'air si naze que ça, celle-là…

Lançant la sportive sur l'autoroute qui filait vers les montagnes, il répondit :

— Bah, elle est certainement au top pour ceux qui apprécient ce type de véhicules… Ce qui n'est pas mon cas !

Il ajouta ensuite en décochant un sourire à la jeune femme :

— Mais bon, on dira que ce sont des problèmes de riches hein !

— C'est sûr, et puis tant qu'elle nous emmène là où il faut. D'ailleurs, tiens on va où exactement ?

— On va dans le Blaustiepfel, on va remonter toute la vallée du Blumentahl et le chalet se trouve en haut, sur les alpages. On en a, d'après le GPS, pour à peine plus de 3 heures de route.

Elle ne dit rien, se contentant de mordiller l'un de ses doigts.

— Ça va aller ! Es-tu déjà montée jusqu'en haut du Pic bleu ?

Elle secoua négativement la tête.

— Oh dans ce cas on va faire ça, d'accord ? Je n'y suis allé que deux fois, quand j'étais gosse, avec mon père. J'en garde un souvenir fabuleux. La vue s'étend jusqu'à la mer ! Les deux fois, nous y étions allés à l'époque de la floraison des gentianes, qui couvrent les pentes de la montagne de fleurs bleues, d'où son nom. C'était absolument incroyable ! Bon en ce moment ce n'est plus la saison des fleurs, mais ce sera sympa aussi. Et puis, nous reviendrons une autre fois pour voir les gentianes, qu'en penses-tu ?

Elle lui renvoya un sourire, soudain un peu moins paniquée à l'idée des deux journées à venir.

— Et cette fois, on emmènera Henry !

Il éclata de rire, réalisant pour la millième fois encore, combien il était chanceux. Elle aurait pu détester les chiens, ce qui aurait rendu leur entente encore plus compliquée. Mais non, tout au contraire elle était tombée folle amoureuse d'Henry, ce qui parfois le rendait presque jaloux !

— D'accord, mais c'est toi qui le porteras quand il sera crevé alors !

— On avancera à son rythme, voilà tout !

Ils roulèrent quelques minutes dans un silence tranquille, puis tripotant la radio, elle chercha une station, tomba sur celle de musique classique. Bientôt les notes du Requiem de Mozart, s'égrenaient dans l'habitacle, les emportant en même temps que la puissante BMW.

— Au fait, ils annoncent un gros rafraîchissement dans les Carpates, tu as prévu des vêtements chauds, au moins ?

— T'inquiète, Carolina m'a envoyé pas moins de dix messages dans ce sens, donc j'ai mis un jean, des boots et j'ai emmené un pull et une doudoune, je devrais survivre, non ?

— Espérons ! dit-il en lui lançant un sourire un peu trop large.

S'il n'avait pas été au volant, sans doute l'aurait-elle pincé voire frappé, elle se retint, se contentant de lui renvoyer une grimace avant de s'intéresser au paysage qui défilait au long de l'autoroute. Le bleu nacré de la rivière se répercutait avec celui du ciel, tandis que la récolte des grandes lianes de houblon commençait à peine.

Finalement elle se détourna de la vitre, gigota, avant de lâcher :

— Je suis désolée…

Il lui lança un regard en coin, levant un sourcil interrogateur.

— Désolée de quoi ?

— Un peu pour tout je crois ! Déjà pour avoir forcé la porte de ton bureau, pour bouleverser ta vie, pour être aussi bourrue qu'un cactus… Je… Je ne crois pas que c'est ce que tu souhaitais en t'inscrivant au Programme…

— Eh Lily, arrête ! Tout est compliqué, alors je pourrais facilement te retourner la question ! Rêvais-tu de cette vie qui n'est belle qu'en première page de la presse people ?

Elle le dévisagea, sans répondre.

— Non, ça, je le sais ! poursuivit-il, tu fais des efforts pour t'intégrer à ce monde, mon monde qui n'est pas le tien, c'est à moi de t'aider et sans doute je ne m'y prends pas de la meilleure des façons…

Elle le fixa, troublée, tandis qu'il poursuivait :

— J'aurais dû te faire confiance immédiatement, t'ouvrir mon bureau et tu aurais compris… Mais je t'avoue que je n'y ai même pas pensé ! J'étais concentré sur Nice, et sur rien d'autre. C'était une grosse connerie, je m'en rends compte, c'est donc plutôt moi qui dois m'excuser !

Effleurant sa joue d'une main, il lui renvoya un sourire à la fois narquois et plein de charme :

— Et puis tu sais, j'aime bien les cactées…

Maîtrisant son émotion, elle bougonna :

— Ça vaudra mieux, en effet !

Il éclata de rire, conduisit quelques minutes en silence avant de remarquer :

— Tu sais que je vais commencer à croire que le Programme fonctionne vraiment ?

— Pourquoi ? Tu rêvais de te marier avec un machin plein de piquant, railla-t-elle.

— Ah ah, Madame a du répondant ! Non, parce que, que tu le veuilles ou pas, nous avons beaucoup en commun.

— Ah bon, et quoi hormis qu'on boit tous les deux notre café noir et sans sucre ?

— Le sport, les chiens, tu aimes la musique classique et les westerns, moi aussi. Tu aimes la montagne et tu détestes les mondanités, pareil pour moi…

— Mouais c'est vrai, je dois l'admettre. Enfin tu aimes aussi être pris en photo ce qui n'est pas mon cas !

— Non, ça, c'est mon job ! Ou plutôt un bon boulot alimentaire, parce que si je devais compter sur ce que me rapporte le triathlon, on ne vivrait pas dans un duplex sur le front de mer, crois-moi !

— Enfin je réserve toujours mon avis sur le Programme…, maugréa-t-elle.

— Eh, je ne suis pas le mec de tes rêves ? se moqua-t-il, lui décochant un sourire digne de l'une de ses meilleures publicités.

Elle lui renvoya un regard qui se chargea de rire, exactement le même regard que le jour de leur mariage, ce moment où leurs yeux s'étaient croisés pour la première fois. Il s'était attendu à avoir face à lui une nana qui tomberait dans la seconde sous son charme, mais au lieu de ça, elle avait failli éclater de rire. C'était tellement inattendu qu'il en était resté stupide, déstabilisé, étonné et curieux à la fois. C'était aussi à cette seconde même qu'il avait été séduit, irrémédiablement.

— Quoi ?

— Rien… Rien ! fit-elle en réprimant un fou rire qui ne demandait qu'à éclater.

— Tu vas me dire ce qui te fait rire comme une baudruche !

— Oh non, ça n'y compte pas !

— Si je remporte les JO, me le diras-tu ?

— Que dalle ! De toute façon tu vas les gagner, donc trouve autre chose !

Il mit son clignotant afin de quitter l'autoroute et d'emprunter une nationale, avant de répliquer :

— Comme tu veux, peu importe, continue de rire puisque c'est ton rire qui m'a séduit en premier…

Elle rougit, prise d'une émotion qu'elle refusait. Elle préféra se tourner vers le paysage, en remarquant :

— Nous approchons de Schlossblumhein, déjà !

— Tu détournes parfaitement la conversation, mais oui, on a bien roulé.

— On arrive dans combien de temps ?

— Moins de deux heures, mais ça va dépendre des routes dans la vallée.

Elle se mordilla un doigt, prise à nouveau par le stress de ce qui l'attendait ces deux prochains jours.

— Ne t'en fais pas !

— Oh ça va ! C'est facile à toi de dire ça ! Moi je ne passe pas ma vie dans des pince-fesses ! Donc laisse-moi paniquer tranquille !

— Ce n'est pas non plus le summum de ma vie, c'est une obligation que je supporte depuis, bah depuis que j'ai 18 ans et que j'ai remporté ma première victoire aux J.O. Ce n'est pas mon rêve non plus, mais ça m'a permis de rencontrer du monde, de nouer des contacts et ainsi de commencer à faire quelques photos pour Carolina, puis de fil en aiguille d'être remarqué par Only For Men. Et puis, ajouta-t-il, nous serons ensemble, il y a pire non ?

— Mouais toi, tu es passé un peu vite de la Guerre Froide à l'Entente Cordiale il me semble…, grogna-t-elle pour la forme.

— Les événements m'y ont poussé, lança-t-il, avant que soudain sérieux, il fasse un ton plus bas :

— J'ai vraiment eu la peur de ma vie, ne recommence jamais un truc pareil ! J'ai cru que tu étais tombée ! Merde Lily !

Elle baissa la tête, consciente tout à coup de l'avoir profondément bouleversé.

— Ben maintenant j'ai la clef, ça devrait aller hein…, bredouilla-t-elle dans une tentative d'humour un peu maladroit.

— Faut espérer que tes envies de grimpe nocturne soient assouvies pour les cent prochaines années !

À cet instant ils traversèrent la petite ville médiévale, surplombée par la forteresse de Heinrich IV der Zähe, le héros du Bergseeland qui avait tenu les portes des Carpates face aux armées ottomanes.

Le nez collé à la vitre, Amaryllis admira les façades couvertes de peintures représentant des fleurs, si typiques de cette région. En effet, alors que la guerre faisait rage, Heinrich IV avait juré de planter une fleur pour chacun de ses hommes morts au combat. Il avait tenu parole et la région était la plus fleurie de tout le pays. En hommage à ces valeureux défenseurs, les gens avaient commencé à peindre des fleurs sur leurs maisons. La tradition s'était perpétuée jusqu'alors.

Le pic du Blaustiepfel se perdait là-haut dans une brume épaisse, tandis que le ciel se couvrait de nuages.

Ils quittèrent bientôt la petite cité, Amaryllis, restant le nez collé contre la vitre afin d'apercevoir encore les maisons si particulières. La puissante voiture attaqua bientôt une route sinueuse, qui grimpait le long d'une large vallée bordée de cerisiers majestueux. Les pâturages alentour étaient clos de haies d'aubépines, et de petites vaches laineuses, au pelage doré, restaient couchées pour les regarder passer.

— On aurait pu s'arrêter cinq minutes quand même, bougonna Amaryllis, qui regrettait déjà de ne pas en avoir vu plus de la petite ville médiévale.

— On reviendra… Avec Henry, ne t'en fais donc pas, répliqua Siegfried avec flegme, tout en restant concentré sur la route.

Une pluie fine s'était soudain mise à tomber, amoindrissant la visibilité. Par chance, la grosse cylindrée attaquait les lacets sans se préoccuper de l'humidité de la route.

— Mouais, promesse facile, marmonna-t-elle.

— Promesse tout court d'accord ?

Elle haussa une épaule désabusée, fixa son attention sur le paysage toujours splendide malgré la pluie qui redoublait, puis répondit un ton plus bas :

— Il y a quelques mois j'étais étudiante à

Paris, je dirigeais ma vie et mes choix, et maintenant, j'ai l'impression d'être enfermée dans une cage dorée et que tout m'échappe…

— Ce n'est pas le cas !

Elle lui lança un regard circonspect, auquel il répondit avec conviction :

— Ce n'est pas le cas Lily ! Tu peux faire ce que tu veux, aller où bon te semble ! Si tu veux visiter Schlossblumheim, prends un train, et fais-le. Ce n'est pas moi qui t'empêcherai ou limiterai ta liberté ! Je veux sincèrement que tu sois heureuse !

Elle ne dit rien, se contentant de fixer la route qui montait de plus en plus dans la montagne.

— Ce n'est pas une situation facile, d'accord, mais on va s'en arranger. On va s'ajuster, et ça va aller. Et puis bientôt tu vas reprendre tes cours, ça te permettra d'avoir à nouveau une vie personnelle, non ?

Elle hocha la tête.

— Oui, sans doute…

— Quand on rentrera, on réfléchira où installer un bureau afin que tu puisses étudier et bosser, ça te va ?

— Mouais, ça m'va…, grogna-t-elle avant d'ajouter dans un sourire qui parut illuminer la voiture : merci pour l'inscription à St Charles, je sais pas comment tu as fait, mais wouah tu as assuré !

— Ce n'était pas très compliqué, et si nous sommes ensemble c'est pour nous soutenir, non ?

— Je suppose que oui, fit-elle toujours souriante, avant de reporter son attention sur l'extérieur.

— C'est quoi cette pluie ? s'exclama-t-elle en examinant les coulées lourdes, presque huileuses, qui tombaient sur le pare-brise et s'écoulaient en traînées presque compactes.

— On dirait qu'il pleut de la glace, s'étonna-t-elle.

— C'est de la pluie verglaçante, il ne nous manquait plus que ça, lâcha Siegfried, ayant soudain perdu sa gaieté naturelle, tandis qu'un pli de concentration se formait entre ses sourcils froncés.

— Fichtre et patates pourries ! C'est quoi cette affaire ?

— C'est de la pluie qui a traversé des couches très froides en altitude, dont les gouttes ont une température inférieure à zéro degré, elles gèlent alors instantanément en rencontrant un objet.

Elle lui lança un regard effaré.

— D'où tu sais ça, toi ?

— Ah ah le cliché du sportif débile a la vie dure semble-t-il, rétorqua-t-il en se retenant de rire, bien que la conduite requît toute son attention.

Soudain un grand daim au pelage tacheté bondit sur la route, glissa, chutant à cause du verglas qui se déposait en couches inégales.

Amaryllis cria, effrayée que la voiture ne l'écrase. Siegfried freina dans un réflexe machinal, alors que le cervidé tentait de retrouver une position verticale. Ensuite tout se passa à la fois très vite et comme dans un ralenti. La BMW perdit sa faible adhérence, dérapa avant de s'envoler dans un tonneau aérien, presque gracieux. Elle s'écrasa en contrebas de la route, tandis que le daim, paniqué, parvenait à se redresser et à s'enfuir dans la forêt qui recouvrait les pentes escarpées.

Chapitre 18

À l'intérieur de l'habitacle, Siegfried, un peu groggy par le déclenchement de l'airbag, mit quelques secondes avant de réaliser ce qui s'était passé. Ensuite, affolé, le cœur fou d'appréhension, il se tourna en hurlant le nom de sa passagère. Il défit sa ceinture de sécurité, afin de se pencher vers la jeune femme qui semblait inanimée.

— Lily, Lily !

— C'est bon crie pas, marmonna-t-elle enfin, en ouvrant les yeux.

Un soulagement sans nom l'inonda soudain, lui faisant monter les larmes aux yeux.

— Tu m'as fait peur ! J'ai cru que tu étais morte ! Tu vas finir par me rendre cardiaque ! fit-il tout en la dégageant de sa ceinture et en la serrant dans ses bras. Tu vas bien ? ajouta-t-il avec une nouvelle inquiétude.

— Ben, oui, je crois... Et toi ?

Encore choquée, elle s'agrippa à lui, infiniment rassurée de le voir vivant. Soudain, elle le dévisagea, s'exclamant d'une voix blanche :

— Tu es blessé !

Il passa la main sur son visage, effleurant une coupure sur l'une de ses arcades sourcilières d'où s'écoulait un filet de sang.

— Ce n'est rien, ne t'en fais pas !

D'un coup de pied il ouvrit sa portière et s'extirpa de la voiture. Il fit le tour, et d'une rude poussée, parvint à forcer celle côté passager. Aidant la jeune femme à sortir, il la retint quelques secondes contre lui, encore tremblant tous deux du choc.

Enfin il chercha son smartphone dans l'habitacle, le retrouva, tandis qu'Amaryllis enfilait pull et doudoune, frissonnant sous la pluie glacée qui continuait à tomber.

— Pas de réseau, constata-t-il avec une pointe d'énervement.

Fermant son blouson, elle remarqua :

— On est dans une zone protégée, y a aucun réseau ici, ni téléphone ni wifi, tu l'as oublié ?

— J'espérais un miracle peut-être. Bon ben plan B alors ! lança-t-il d'un ton plus joyeux que la situation ne l'exigeait.

Il grimpa sur le talus menant à la route, tendit la main à Amaryllis afin de l'aider, puis il dit :

— On va marcher en descendant vers Schlossblumheim, on croisera bien une voiture qui pourra nous dépanner, et au pire la ville est à quoi, vingt bornes ?

Elle approuva d'un hochement de tête, jeta un dernier regard à la BMW écrasée en contrebas de la route, dont le moteur fumait encore. Elle songea qu'ils avaient eu beaucoup de chance. Tout à coup, les problèmes dont ils discutaient quelques minutes auparavant prenaient une tout autre dimension, presque puérile.

Glissant sa main dans la sienne, elle remarqua dans un effort afin d'alléger leur tension et leur peur rétrospective :

— Eh ben je crois que le week-end mondain est annulé ! Chouette !

— Je vais finir par croire que tu avais comploté avec le daim !

— Qui sait…

Cahin-caha, ils avancèrent sur le bas-côté,

pestant après la pluie givrante qui ne cessait de rajouter du verglas, rendant leur progression périlleuse. S'accrochant l'un à l'autre, ils marchaient avec précaution, glissant malgré tout à chaque pas. Il n'était pas étonnant, après tout, que la voiture ait perdu son adhérence !

Ils cheminèrent ainsi durant un moment. La nuit commençant à tomber, amena un froid plus vif, alors même que la pluie redoublait. Ils étaient à la fois trempés, fatigués et frigorifiés, et aucun véhicule ne semblait vouloir emprunter cette route.

— On a dû être les seuls débiles à vouloir rouler par un temps pareil, remarqua Amaryllis.

— Ça doit être ça, tous les gens sensés doivent rester devant leur cheminée je suppose…

— Alors on fait quoi ?

— Plan C, fit-il en lui décochant un sourire.

— On a un plan C, génial. Et il consiste en quoi ?

— On s'arrête à la première maison ou chalet, on toque afin de demander de l'aide. Vu l'état de la route, c'est beaucoup trop dangereux qu'on tente de marcher jusqu'à la ville. On va finir par se péter un bras ou une jambe, voire les deux !

Elle approuva d'un sourire.

Moins d'un quart d'heure plus tard, ils aperçurent la silhouette rectangulaire d'une maison traditionnelle, se découpant dans le clair-obscur de la pluie et de la nuit tombante. Soulagé, il grimpa les marches du perron menant à une galerie en bois. La maison, plongée dans le noir, ne semblait pas très animée. Il frappa à la porte, n'obtenant comme seule réponse que le cri d'un hibou perché dans un mélèze.

— Merde, y a personne, fulmina-t-il.

— Mais il y a toujours de l'espoir, répliqua Amaryllis en brandissant un petit objet : la clef de la maison.

— Tu as trouvé ça où ?

— Bah sous un pot de fleurs, les mamies rangent toujours les clefs sous des pots. Bon pousse-toi que j'ouvre.

Moins d'une seconde plus tard, la porte grinçant sur ses gonds, les invitait à entrer. Tout en laissant passer la jeune fille à l'intérieur, Siegfried remarqua :

— Ta carrière de cambrioleuse s'étoffe de jour en jour… Allez, après toi Arsène Lupin.

L'intérieur était froid, presque lugubre dans les ténèbres qui noyaient la vieille maison. Tâtonnant à la recherche d'un interrupteur, Amaryllis en trouva un et l'actionna sans aucun résultat. La maison devait servir pour les vacances, et en partant, les propriétaires avaient dû couper le gaz et l'électricité. Elle râla entre ses dents.

Siegfried ne se démonta pas, il alluma la lampe de son smartphone, repoussant l'obscurité à la recherche d'un téléphone fixe. Amaryllis fit de même, furetant dans tous les recoins, pas si nombreux de la maison, qui en fait, ne se composait que d'une seule et même pièce comprenant un coin cuisine et un coin salon salle à manger. Une simple échelle menait aux combles aménagés en chambre unique.

Elle poussa soudain un cri victorieux, en apercevant un très ancien combiné téléphonique. Elle décrocha, cependant aucune tonalité ne résonna dans l'appareil. Siegfried se pencha, attrapa le fil qui pendait, le lui montrant avec un demi-sourire : Il était sectionné, et n'avait plus dû fonctionner depuis la moitié du XXe siècle.

— Évidemment ça va moins bien marcher, maugréa-t-elle. Alors plan D ?

— Oui, plan D, approuva-t-il.

— Et c'est quoi ?

— On passe la nuit ici, et demain on avisera. Je m'occupe de faire partir un feu dans la cheminée parce qu'on est gelé. Ça te va ?

— Bonne idée, bon je vais chercher des bougies !

Quelques minutes plus tard, un feu vif ronflait dans la cheminée, repoussant le froid et les ombres. Amaryllis, de son côté, avait trouvé une demi-douzaine de bougies qu'elle posa dans une assiette, avant de les allumer. La maison prit soudain une tout autre allure, devenant cosy et chaleureuse. Elle posa d'autre part une chaude couverture sur le canapé usé qui faisait face au foyer.

Elle enleva sa doudoune trempée, la plaça sur un dossier de chaise, ôta son pull, mouillé lui aussi, ainsi que ses chaussures et ses chaussettes. Elle s'excusa silencieusement auprès des propriétaires, d'avoir foulé le carrelage avec ses pieds boueux. Elle posa chaussettes et chaussures face au feu afin qu'elles sèchent, puis s'enroula en frissonnant sous la couverture.

Siegfried suivit peu ou prou le même processus, avant de s'asseoir à côté d'elle et de lui disputer un pan de la couverture. Sans se démonter, il s'appuya contre l'accoudoir et attirant la jeune fille contre lui, il tira la couverture sur eux deux. Elle ne protesta pas. Au contraire, elle se tortilla, se lovant contre lui comme un chat sur un radiateur, poussant un soupir de bien-être. Il lui frotta vigoureusement le dos durant quelques minutes, afin de faire circuler son sang dans tout le corps. Elle se laissa faire avec un bonheur tel, qu'il aurait presque pu l'entendre ronronner.

Ensuite il prit ses mains entre les siennes, surpris de les trouver presque gelées. Il les massa légèrement sans grand résultat. Il les glissa alors dans la chaleur de son propre corps, sous son pull, et à même la peau nue de son ventre. Il réprima un frisson, partagé entre le froid et le plaisir de sentir ses doigts l'effleurer.

Elle releva la tête, cherchant son regard. Elle s'y plongea comme on se jette dans une eau tumultueuse. Lentement elle remonta ses mains, en une exploration douce, curieuse et tendre. Il voulut dire quelque chose, mais s'allongeant sur lui, elle approcha son visage du sien en chuchotant :

— Chut, ne dis rien… C'est le plan E…

Puis elle posa ses lèvres sur les siennes, effarée elle-même par le typhon d'émotions qui les emportait tous les deux. Passant les mains dans ses cheveux, il l'attira un peu plus contre lui, son cœur cognant comme au plus fort d'un marathon.

Enfin, hors d'haleine, ils se séparèrent, leurs mains et leurs lèvres se cherchant à nouveau, comme s'ils venaient d'ouvrir une étrange boîte de Pandore. Tremblante d'un désir qui la dépassait, elle le repoussa néanmoins avec un sourire et un « attends » plein de promesses. Elle se redressa, et sans même plus sentir ni le froid ni l'humidité, elle fit glisser ses derniers vêtements. Enfin elle fut nue, habillée des seules lueurs miroitantes des flammes qui allumaient son regard de lueurs ambrées. Subjugué, il n'avait pas bougé, la contemplant sans même plus pouvoir respirer. Puis, d'une main, il l'attira contre lui, découvrant enfin la soie de sa peau, ses mains redessinant son corps mince, presque délicat.

L'exploration de leurs sens, frustrés depuis des semaines, les entraîna dans un paroxysme de jouissance qui les dépassa, les laissant palpitants, comblés, le cœur débordant.

La serrant contre lui, il tenta de reprendre son souffle, de maîtriser le galop furieux de son cœur, ne pouvant se lasser de l'embrasser encore et encore. Puis sans plus pouvoir s'en empêcher, il glissa à son oreille, dans un chuchotement d'une infinie tendresse :

— Je t'aime Lily…

Éclatant en sanglots irrépressibles, son cœur sembla s'ouvrir tandis qu'elle répondait entre deux hoquets, un « je t'aime aussi » qui parut la réconcilier avec elle-même. Plus aucune contradiction ne semblait l'habiter, seul un amour tumultueux, brûlant, libéré de la prison où elle le cadenassait, était là, ayant balayé tout autre sentiment ou émotion.

Une bûche roula hors de l'âtre, les faisant sursauter, les ramenant à la réalité. Siegfried sauta hors du canapé, et saisissant un tisonnier il la remit dans le feu, avant qu'elle n'embrase le tapis. Quand il se retourna, il vit Amaryllis fouiner dans tous les placards de la cuisine. Elle revint avec un butin qu'elle posa sur la table basse. Toute frissonnante, elle récupéra et enfila le pull de Siegfried. Elle retroussa les manches, trop longues, tandis qu'il remarquait :

— Je préférais la version précédente, sans pull…

Elle l'attira dans le canapé, s'installa tout contre lui, répliquant paisiblement :

— Tu prévoiras un endroit avec chauffage central la prochaine fois. Regarde plutôt ce que j'ai récupéré chez mamie !

Elle lui tendit un paquet de chips, qu'il considéra avec scepticisme.

— Tu veux me faire avaler cette bombe de cochonneries ? Sérieusement ? Y a que des lipides et du sel !

Elle lui arracha le paquet des mains, l'ouvrit d'un geste sec, attrapa quelques chips qu'elle croqua, tout en bougonnant :

— Ça va pas te tuer non plus, mais tant pis pour toi j'en aurai plus c'est tout.

— C'est tout ce que tu as trouvé de comestible ?

Elle secoua la tête, se pencha afin de saisir une bouteille de bière d'un litre ainsi qu'une boîte de biscuits secs.

— C'est tout ce qu'il y avait. Les mamies ne sont plus ce qu'elles étaient, pfuff !

Elle s'apprêtait à décapsuler la bouteille, mais Siegfried la lui enleva des mains.

— Eh tu oublies ce qu'il s'est passé la dernière fois où tu étais bourrée !

— Rabat-joie, déjà je n'étais pas si saoule que ça, et deuxio, là c'est juste de la bière.

Il secoua la tête, posant la bouteille au sol, alors que sa jeune compagne grommelait :

— Eh ben ça va être joyeux la vie avec quelqu'un qui est un intégriste puritain…

Il éclata de rire, l'attrapa à bras-le-corps, écrasant les chips au passage, ce dont il se ficha et la faisant rouler sous lui, il rétorqua :

— Voyons voir qui est puritain…

Chapitre 19

Un soleil doux se leva le lendemain sur la vallée du Blumentahl, réchauffant la terre, faisant s'évaporer les flaques de verglas en longues fumerolles. Les fleurs, malmenées, tentaient de lisser leurs feuilles flétries par le gel, tandis que des mésanges chantonnaient dans la tiédeur retrouvée. L'automne, après tout, n'était pas pour aujourd'hui.

Tandis que les oiseaux fredonnaient leur complainte amoureuse, un jeune couple, main dans la main, lui si blond, elle ses longs cheveux châtains dansant dans l'air à nouveau tiède, descendait sans vraiment se presser vers la cité médiévale de Schlossblumheim.

C'était avec un pincement au cœur, qu'ils avaient quitté la maisonnette à la façade chaulée de blanc et recouverte de brassées de fleurs, à la fois naïves et poétiques, sachant qu'ils y avaient vécu des heures rares et précieuses.

Avant de partir, ils avaient tout rangé et remis en état, autant qu'il était possible. Siegfried avait ensuite rédigé un mot de remerciement qu'il avait laissé en évidence sur la table basse, et qu'ils avaient signé tous les deux. Ils ne pouvaient faire moins que de remercier ces inconnus pour l'hospitalité qu'ils leur avaient offerte, même si c'était à leur insu.

Puis, le cœur un peu serré, ils avaient refermé cette parenthèse de bonheur, remis la clef sous son pot et repris leur route, côte à côte. L'asphalte séchait, s'égouttant en flaques qui se déversaient sur les bas-côtés, nettoyant la pluie de la veille. Ils marchaient, paisibles pour une fois, sans avoir besoin de rien hormis de sentir l'autre avancer au même rythme. Leurs doigts, enlacés, se transmettaient leur chaleur mutuelle, tandis que leurs pouls battaient à l'unisson. Ils n'avaient même pas besoin de se parler pour être pleinement heureux.

Finalement, rompant le silence confortable, Amaryllis fit d'un ton curieux :

— Tu crois qu'ils ont remarqué qu'on n'était pas là ?

— Qui donc ?

— Ben le Premier ministre et tout le tralala, ballot !

— Ah… Oh ça oui ! Ils ont dû chercher à me contacter, en désespoir de cause ils ont dû appeler Lutsi et tu peux être sûre qu'il doit remuer la police, l'armée et les forces navales pour nous retrouver !

— Ils ne sont pas hyper efficaces, rigola-t-elle. Enfin tant mieux, qu'ils nous oublient un peu !

Il l'approuva d'un sourire qui étincela dans ses yeux aussi bleus que le ciel matinal, lavé de toute tempête. La nature retrouvait elle aussi sa sérénité, un instant perturbée par le coup de froid survenu la veille. Les vaches aux longs poils doux, caractéristiques de la région, s'étaient remises paisiblement à paître, tandis que les écureuils s'affairaient à nouveau en vue de leurs projets hivernaux. Pas moins actives que les écureuils, des mamies ramassaient déjà les cynorhodons, ces fruits rouge orangé des églantiers, dont elles feraient de délicieuses confitures. Tout reprenait sa place.

Soudain un tintinnabulement fit sursauter Amaryllis, qui machinalement jeta un coup d'œil à son téléphone, où une foule de messages et autres notifications s'égrenaient.

— Eh, on a du réseau à nouveau ! s'exclama-t-elle, hésitant tout à coup à en être heureuse : cela signifiait le retour à la normalité et la fin de ce moment hors du temps.

Siegfried lui renvoya un court sourire, tandis qu'il remarquait :

— Ça fait plus de vingt minutes qu'on a récupéré du signal…

Stupéfaite, elle le dévisagea :

— Ah bon ? Mais… Pourquoi tu ne l'as pas dit dans ce cas ?

Il s'arrêta et la fit pivoter vers lui :

— Parce que je voulais encore un peu être là, avec toi, juste tous les deux…

Une lame brûlante la parcourut, la faisant presque chanceler. Elle se lova dans ses bras en chuchotant :

— Et si on jetait nos smartphones ? Et zou on disparaît, on s'installe dans une maisonnette fleurie, je fais des confitures qu'on vend au marché et plus personne ne nous fait chier. On pourrait même avoir une vache !

Il éclata de rire, la serra un peu plus fort, sentant son corps mince épouser si justement le sien, dans un abandon qui le bouleversa. Toutefois il répondit, une pointe de déception dans la voix :

— Tu sais bien que c'est impossible…

— Les limites ne sont que celles qu'on se fixe ! Tu devrais le savoir mieux que personne, non ?

— C'est vrai, mais dans notre cas, non seulement nous peinerions trop de personnes auxquelles nous tenons, mais en plus, nous ne rêvons ni l'un ni l'autre d'être cultivateurs, non ?

Elle soupira.

— C'est pas faux… Alors on fait quoi ?

— On rentre chez nous et on s'organise une vie ensemble, ça te va comme plan ?

Elle hocha la tête, effrayée cependant que le plan ne soit pas aussi simple que ça à appliquer et à mettre en œuvre.

Il sortit son téléphone de la poche de son jean, chercha l'application des taxis, entra quelques données avant de dire :

— Un taxi sera là dans moins de 5 minutes.

Il perçut son soupir plus qu'il ne l'entendit.

— Ça va aller, fais-moi confiance, d'accord ?

Il l'entendit maugréer il ne savait trop quoi, se retint de rire, préférant glisser les mains dans ses cheveux, lui répéter que tout irait bien et l'embrasser.

Quelques minutes plus tard, une voiture du jaune soutenu d'un tournesol, ou plutôt de la couleur exacte du jaune du drapeau Bergseelandais, arrivant depuis le bas de la vallée, stoppa à leur hauteur.

Siegfried ouvrit la portière à sa jeune compagne, et s'installa à ses côtés. Le chauffeur semblait surpris par cette course, il démarra et sans pouvoir s'en empêcher, leur demanda :

— Mais qu'est-ce que vous faites là, au milieu de rien ?

— On se baladait, lui répondit placidement Siegfried.

— Ah… Drôle d'endroit pour ça…, fit l'autre tout en jetant davantage de coups d'œil dans son rétroviseur que sur la route.

Au bout d'un moment, il n'y tint plus et lâcha :

— On s'est pas déjà rencontré ? Votre visage me dit quelque chose…

Siegfried, habitué sans doute à de telles situations, répliqua mollement, alors qu'Amaryllis se mordait les lèvres pour ne pas éclater de rire.

— Non je ne crois pas, si cela avait été le cas je m'en souviendrais.

— Pourtant, je vous ai déjà vu quelque part, insista encore le chauffeur, plus concentré sur son effort de mémoire que sur la manière d'aborder les virages de la route en lacets.

— Ah je sais ! s'écria-t-il enfin, comme s'il avait découvert la pierre philosophale. Vous êtes machin, là, le champion de course. Comment qu'il s'appelle… On en a parlé aux infos y a pas longtemps, il a gagné une course en France. Frost ! Voilà vous êtes le champion Olympique, c'est ça hein ?

Siegfried réfuta avec un sérieux digne d'un grand comédien :

— Ah non, je ne suis pas du tout champion Olympique ! Mais je dois lui ressembler, c'est une réflexion qu'on me fait souvent.

L'autre sembla déçu.

— Oui, sans doute, un gars comme lui doit pas se balader au bord des routes ni en taxi !

— C'est ça…

— J'ai entendu dire qu'il y avait une grosse fiesta chez les riches, là-haut dans la montagne. Parce que vous savez que notre Premier ministre est de chez nous, du Blaustiepfel. Il a même un chalet sur les alpages.

— Ah, tiens donc…

Amaryllis blottit son visage dans l'épaule de Siegfried, retenant de plus en plus difficilement un fou rire.

— Je vous dépose à l'auberge des trois marmites hein ?

— Oui c'est ça, approuva Siegfried, tandis qu'Amaryllis se redressait.

— On ne rentre pas direct ?

Il lui lança un demi-sourire narquois, avant de chuchoter :

— Non, on va déjà aller manger, parce que depuis ta tentative d'empoisonnement hier soir, je n'ai rien avalé. Et je suis sûr que tu meurs de faim toi aussi, je me trompe ?

Elle le regarda droit dans les yeux, tout en faisant à mi-voix :

— Je rêve d'un café brûlant, d'un énorme petit déjeuner, de retrouver Henry et accessoirement de tester notre lit king-size…

— Accessoirement ? Vraiment…

— Note que café et p'ti déj passent avant toi, rigola-t-elle.

— Oh j'ai noté et Henry aussi d'ailleurs !

— Évidemment ! fit-elle d'un ton sérieux avant d'exploser de rire.

Il mêla son rire au sien, se disant pour la millième fois qu'il était sacrément chanceux ou bien que le Programme était réellement performant. Les filles qu'il avait fréquentées jusqu'alors, étaient soit fondues d'une admiration imbécile pour lui, soit intéressées par sa seule notoriété. Dans l'un ou l'autre des cas, aucune ne s'était préoccupée de savoir qui il était véritablement. Aucune, sauf Amaryllis, qui le traitait comme n'importe quel être humain, ce qui était un vrai soulagement.

Le taxi se gara enfin dans un tressautement devant la façade à encorbellement d'une très ancienne auberge, faisant le coin d'une rue étroite et pavée. Une enseigne en bois, sculptée de trois marmites, se balançait mollement.

Siegfried régla la course, et tenant la main d'Amaryllis, ils entrèrent dans l'établissement, dont la renommée remontait à l'époque de Heinrich IV. Une accorte serveuse en tenue traditionnelle, blouse blanche à liserés colorés et robe à fleurs, s'avança vers eux et leur désigna une place à côté d'une fenêtre à meneaux, en verre dépoli.

Amaryllis, affamée, s'empara du menu, salivant à l'avance.

Finalement ils commandèrent le brunch complet avec beaucoup de café pour l'accompagner. La serveuse les considéra tous deux une seconde, les prévenant que c'était très copieux. Amaryllis sautilla de joie sur son banc, son estomac gargouillant aussi fort que si elle y avait abrité un Alien !

Après avoir dévoré des œufs, des saucisses, des toasts, des confitures et bu pas moins d'un litre de café, ils partirent déambuler, main dans la main, au gré des ruelles tortueuses de la cité médiévale.

Ils avaient tous deux profité du repas afin de joindre, qui ses parents morts d'inquiétude de leur disparition, qui Lutsi et Nathan. Apparemment il avait même été question dans les journaux, y compris celui télévisé, de la disparition mystérieuse du champion olympique et de sa toute jeune épouse !

Tous furent soulagés de les savoir sains et saufs, bien que Lutsi, comme à son habitude, ne s'inquiétât que des répercussions sur l'avenir de Siegfried. Il lui ordonna de se rendre à la Garden-Party, après tout elle ne faisait que commencer. Siegfried serra les mâchoires, refusant d'un « non » froid et définitif avant de lui dire de s'occuper de la BMW, puis de raccrocher.

Il ressentit soudain un énorme soulagement, ce qui lui permit d'apprécier plus encore le brunch !

En fin de journée ils montèrent dans le train qui partait à Heinrichburg, s'installant sur les fauteuils recouverts de tissu rouge. Le train siffla et ils quittèrent la gare dans un confortable roulis.

— Dans deux heures nous serons chez nous, chuchota-t-il en passant un bras autour des épaules frêles d'Amaryllis tout en l'attirant contre lui.

Elle ne répondit rien, se contentant de se blottir dans sa chaleur, de respirer son odeur douce et de glisser une main sous son pull, le faisant tressaillir. Elle ne savait pas si le terme « chez nous » était approprié, chez Madame Müller ou chez Lutsi semblait l'être davantage, cependant peu importait l'endroit où elle était si c'était avec Siegfried…

Le contrôleur passa quelques minutes plus tard, réclamant billet pour les étrangers ou carte d'identité pour les natifs. Il s'arrêta face à eux, Siegfried faisant mine de fouiller dans ses poches à la recherche de son portefeuille, mais l'homme l'interrompit d'un geste.

— Je n'ai pas besoin de votre carte Monsieur Frost, c'est bon. Très honoré de vous avoir dans ce train. Passez un bon voyage.

Puis sur un sourire et un court salut, il repartit à ses vérifications des voyageurs.

Le wagon était presque vide, hormis un couple de touristes s'émerveillant de tout avec des cris peu discrets. Amaryllis se redressa, tirant Siegfried de sa somnolence en murmurant soudain :

— Je peux te poser une question ?

— Mouais vas-y…

— Pourquoi… Pourquoi il a fallu attendre d'avoir un accident pour qu'il se passe quelque chose entre nous ? Je sais que je suis loin de ressembler aux mannequins avec qui tu sors d'habitude, néanmoins…

Il la serra contre lui, l'embrassant avant de répondre, d'un ton presque grave :

— C'est parce que tu es à l'opposé des filles que je côtoie d'ordinaire que je n'ai pas voulu tout brusquer ! Peut-être que si nous nous étions rencontrés autrement, cela aurait été différent, mais ce que nous vivons est particulier. Je ne voulais rien gâcher en précipitant les choses. Et pour rien au monde, je souhaitais t'imposer une relation que tu ne désirais pas. Je comprends que tu aies pu te poser des questions, mais tout ce que je voulais c'était te laisser le choix.

Ébahie, elle le dévisagea, si surprise qu'elle ne put rien répondre. Le cœur battant d'une manière un peu trop frénétique, les larmes aux yeux, elle balbutia :

— Je croyais que tu me trouvais moche à souhait !

Il lui retourna un sourire, tandis que ses yeux disaient à eux seuls, combien il la trouvait magnifique.

Chapitre 20

Après avoir sillonné la campagne, le train entra dans la gare principale de la capitale, stoppant sous une imposante verrière Art déco.

Quelques minutes plus tard, Siegfried poussait la porte du duplex, accueilli par un Henry fou de joie. Le chien leur sauta dessus avec des grognements surexcités, ne leur laissant même pas la possibilité ni de poser leurs blousons ni d'ôter leurs chaussures. Bisous et retrouvailles passaient en premier !

Enfin il fila vers le salon où ils le suivirent, consternés d'y trouver Lutsi et non Nathan.

— Mais qu'est-ce que tu fais là ? s'étonna Siegfried en enlevant son pull, trop chaud dans la tiédeur de l'air marin.

— Qu'est-ce que je fais là ? Tu te fous de ma gueule ou quoi ? Tu as disparu presque 24 heures ! Les dépanneurs ont récupéré la BMW, c'est une épave ! Tu vas bien ? s'écria le coach, tout en le dévisageant les sourcils froncés au-dessus de son regard noir, plus inquisiteur que jamais.

— Oui ça va, t'inquiète.

Comme une mère un peu trop autoritaire, il inspecta son visage, notant la coupure :

— Eh c'est quoi ça ?

— C'est rien, c'est à cause de l'airbag, ça rajoutera à mon charme, rigola Siegfried.

Lutsi ouvrit la bouche pour répliquer, mais fut coupé par Amaryllis, qui murmura :

— Tu n'en avais pas besoin beau gosse, mais ça ne gâchera rien. Bon, je vais prendre une douche, je commence à sentir la petite fille négligée. Tu viens ou tu préfères la compagnie de ton coach ?

Il lui décocha un sourire, lança un « j'arrive » tandis qu'il se tournait vers Lutsi et qu'elle grimpait l'escalier, suivie par Henry, trop heureux de l'avoir retrouvée pour la lâcher une seconde.

Il tendit la main à son coach, tout en disant :

— Merci d'être passé et de t'être inquiété, mais je suis un grand garçon hein…

Lutsi se redressa, s'il n'était pas aussi haut que Siegfried, il le dépassait en carrure.

— Tu sembles bien t'entendre avec la p'tite…

Siegfried le fixa d'un regard froid, que ses yeux clairs rendaient plus glacial encore :

— Un c'est ma femme, deux cela ne te regarde en rien. Contente-toi de gérer mon planning sportif !

— OK, alors si cela n'est pas mon affaire, tâche de te souvenir qu'Hawaï est dans un mois, va pas tout foutre en l'air comme tu l'as fait ce week-end !

— Ce n'est pas mon intention.

Les deux hommes se jaugèrent, puis Lutsi tourna les talons et claqua la porte de l'appartement derrière lui.

Siegfried rejoignit Amaryllis dans la salle de bains. Henry était couché sur ses pieds, tandis qu'elle enlevait la bande recouvrant sa longue entaille. Il l'enlaça, l'embrassa dans la douceur de son cou, avant de s'emparer de la bande.

— Attends, je vais t'aider.

— Bonne idée, ensuite on pourra prendre une douche tous les deux… Je me suis toujours dit qu'elle était trop grande pour y être toute seule !

Toutes les appréhensions d'Amaryllis à l'encontre de ce mariage, furent tout à coup balayées, comme si jamais elles n'avaient existé. Ses contradictions s'étaient résolues par la même occasion, c'est donc l'esprit serein, qu'elle abordait sa future rentrée à la prestigieuse université. Comme au centre d'une bulle de savon, rose et vaporeuse, elle ne percevait plus le monde qu'au travers d'un prisme biaisé par ses sentiments pour Siegfried, chaque jour plus profonds.

Le lendemain de leur retour à Heinrichburg elle se leva de bonne heure, malgré son envie de rester et profiter de la tendresse des bras de Siegfried. Elle tenait d'ores et déjà à s'installer dans une routine et ce, avant que ses cours débutent. Elle avait toujours fonctionné ainsi, il n'y avait aucune raison que cela change !

Elle enfila un legging noir et une brassière assortie, ses chaussures de trail et sortit sans bruit de l'appartement, tellement silencieusement que même Henry n'avait pas bronché.

Le soleil se levait au-dessus de la mer, dans un embrasement de rouge et d'or. Le fond de l'air était frais, idéal pour un footing. Elle inspira, puis partit en petites foulées au long de la Promenade des Manguiers qui longeait la baie. Elle appréciait le calme du matin, troublé seulement par quelques pêcheurs matinaux et d'autres joggeurs comme elle. Elle doubla une mamie promenant un chien au moins aussi vieux qu'elle, qui la salua d'un bonjour enjoué.

Ses semelles claquaient sur le pavage dans un petit bruit mat, régulier, une sorte de métronome qui la portait et l'apaisait en même temps. Elle avait toujours aimé courir. Ce matin, malgré la fatigue accumulée par des nuits écourtées, elle appréciait encore un peu plus le moment. Soudain elle entendit des pas se rapprocher, ou plutôt quelqu'un courir derrière elle. Elle faillit se retourner, se traita de froussarde. Ce n'était qu'un joggeur venu comme elle, profiter de cette heure matinale afin de faire un peu de sport. Les foulées se rapprochant, son cœur se mit à battre de manière plus anarchique, sous l'afflux de l'adrénaline. Jusqu'à l'instant où elle sentit une main se poser sur son bras. Elle se retourna en criant, prête à faire front :

— Barre-toi connard, je suis ceinture noire de ju-jitsu !

— Quel accueil ! fit une voix aux inflexions pleines de charme, qu'elle connaissait si bien.

— T'es fou, tu m'as fait peur, fulmina-t-elle, tout en essayant de reprendre son souffle et une allure régulière. Tu dormais quand je suis partie, qu'est-ce tu fous là ?

— Je m'entraîne, l'Ironman d'Hawaï est dans quelques semaines, au cas où tu l'aurais oublié !

Ils coururent quelques minutes côte à côte, la foulée, longue et souple de Siegfried suivant celle d'Amaryllis.

— Tu cours bien ma Lily, remarqua-t-il avec une pointe de surprise, mêlée de fierté.

— Eh, fais pas ton lèche-bottes, je ne cours pas bien, je fais du footing de mémère, le rembarra-t-elle tout en se retenant de rire, ce qui pour le coup aurait mis à mal sa respiration.

— Mais non, je suis sincère ! Tu cours à combien en général ?

— Euh, 12 ou 13 km heure, je trottine quoi, allez c'est bon, laisse-moi à mon allure d'escargot et va t'entraîner comme il se doit !

— Tu es parfaite ma Lily, je t'aime, lui glissa-t-il avant d'accélérer son allure.

Déroulant sa foulée, il accéléra et se cala à son rythme, celui qui faisait de lui le meilleur coureur en Ironman.

La rentrée arrivait à grands pas. Amaryllis était à la fois excitée et bizarrement inquiète, comme si elle était anxieuse de toucher son rêve, à moins que ce fût dû à de tout autres facteurs. Elle n'en savait rien au juste.

Enfin ce jour tant attendu arriva. Siegfried n'était pas là, parti pour trois jours tourner une pub dans les studios Barrandov situés à Prague. Elle reçut néanmoins une foule de messages amicaux, y compris de sa sœur qui savait combien ce jour était important pour elle. Même Stephen pensa à elle, lui envoyant un court SMS. Sans doute depuis que l'entreprise familiale avait à nouveau des contrats, notamment avec l'État, se trouvait-il plus enclin à soutenir sa petite sœur. Ses parents et même Tahina ne furent pas en reste, mais ce qui lui fit retrouver le sourire, ce fut bien sûr un très court coup de téléphone de la part de Siegfried. L'entendre lui remit assez de baume au cœur pour pouvoir affronter ce nouveau palier de sa vie.

Elle embrassa Henry, puis la besace dont elle se servait en France à l'épaule, elle s'engouffra dans le métro. Les lignes étaient toutes d'une propreté immaculée, elle se souvenait de l'état du métro de Paris, dont odeur prégnante, l'avait frappée, presque choquée. Dans un soupir silencieux, la rame s'arrêta. Les voyageurs sur le quai attendirent que les autres descendent, avant de monter eux-mêmes dans le métro. Aucune bousculade comme elle avait été effarée de le voir durant les trois années qu'elle avait passées en France. Le train automatique, repartit dans un doux chuintement. Le métro de Heinrichburg était l'un des premiers au monde, à avoir été entièrement automatisé et mis sous l'entier contrôle d'une Intelligence Artificielle, ce qui après tout, était logique, puisque le pays avait fait sa force, sa fortune aussi, de tout ce qui était recherches et développements en IA.

Mais ce matin, peu importait à Amaryllis des considérations économiques et des avancées technologiques. Son esprit était tendu vers cette première journée. Le sang battant à ses tempes, elle tentait de refouler une angoisse étrange qui lui tordait le ventre.

Trois stations plus loin elle sortit du métro, et traversa le parc de la Victoire qui longeait l'avenue sur laquelle la prestigieuse université avait été érigée, dès le 17e siècle. Des mamans promenaient déjà leurs bambins, tandis que certains lançaient balle ou frisbee à leurs chiens, qui dévalant les pelouses les saisissaient au vol. Tout était calme, paisible, un espace de verdure et de liberté, de jeux et de douceur comme il en existait des dizaines disséminées dans toute la ville.

De plus en plus stressée, la jeune fille, attendit au passage piéton afin de traverser l'avenue bordée de catalpas centenaires, le regard fixé sur le fronton de l'imposant bâtiment, dont un perron en marbre d'une vingtaine de mètres de large, s'envolait vers une porte en bois massif, soutenue par des colonnades de style antique. C'était à la fois massif et intimidant. Se sentant presque écrasée par la grandeur de l'établissement, elle dut serrer les dents afin d'entrer, se traitant de tous les noms d'être aussi pétocharde.

Elle remonta le long corridor empli par une foule d'étudiants de tous âges. Enfin elle tomba sur sa salle et poussant la porte, elle rejoignit une cinquantaine de personnes en train de prendre place dans un amphithéâtre. Sans bruit, elle se glissa dans l'un des rangs du milieu, s'installant, le cœur battant à grands coups sourds, là où des centaines d'étudiants comme elle l'avaient déjà précédée. Assises sur le même banc, trois filles la dévisagèrent avec curiosité. Elle ne s'y arrêta pas, préférant sortir un carnet et un stylo afin de prendre des notes.

Un SMS de Siegfried, la rasséréna. C'est donc un sourire aux lèvres qu'elle se leva afin d'accueillir le professeur, comme c'était la tradition depuis plus de trois cents ans.

Chacun se rassit, tandis que le professeur, éminent biologiste, se présentait. Il serait leur tuteur et leur référent pour cette première année. Amaryllis se dit qu'ils avaient beaucoup de chance. Il était reconnu dans le monde entier pour ses divers travaux et parutions, et voilà qu'il était là, devant eux.

Il salua les élèves venus en programme d'échanges, louant leur choix et leur constance d'avoir appris une langue telle que le Bergseelandais. Ils n'étaient que quatre, arrivés pour la plupart d'Europe Occidentale, excepté un Canadien au regard bienveillant. Les autres étudiants étaient tous du Bergseeland, ayant décroché leur place grâce à leur excellence ou au Programme. La majorité d'entre eux étaient grands et blonds, comme Siegfried. Comme toujours, elle détonnait un peu avec sa mince carrure et ses longs cheveux châtains. Mais ça, elle en avait l'habitude ! Elle ne se formalisa donc pas des regards qui, plus ou moins insistants, la frôlaient.

Le professeur se pencha sur la liste des noms de ses élèves, se redressant ensuite, les sourcils froncés au-dessus d'un sourire froid.

— En plus de nos amis d'ailleurs, nous avons la chance cette année, d'accueillir une célébrité, pas moins que la femme de notre champion olympique ! Madame si vous voulez bien vous lever…

Hébétée, Amaryllis se mit debout, les jambes flageolantes, alors que tous les regards étaient fixés sur elle.

— Madame Frost, veuillez nous dire vos impressions d'être là uniquement grâce à vos relations ?

— Mais… Mais ce n'est pas le cas ! J'ai une licence en biologie ! Je suis aussi légitime que tous les autres d'être ici ! se défendit-elle, effarée.

— Vous êtes là par le Programme, ne le niez pas, j'ai votre dossier sous les yeux.

Soudain furieuse, elle se redressa, répliquant d'un ton coupant :

— Le Programme fait partie des règles d'entrée dans cet établissement, Monsieur…

— Peut-être que nos instances souscrivent à cette forme de prostitution, mais pour ma part je la réprouve. Je veux avoir ici, dans ces murs, des cerveaux pas autre chose !

Elle ouvrit la bouche afin de réagir, cependant il ne lui en laissa même pas la possibilité, lui ordonnant de s'asseoir d'un geste sec.

Tremblante de rage, elle ravala sa honte et sa frustration.

Le professeur poursuivit l'exposé de ce que serait leur année, cependant elle n'écoutait pas, perdue dans un brouillard de colère et de déception.

— Alors Madame Frost, quelles options allez-vous choisir ? Enfin si vous parvenez à comprendre les intitulés, évidemment.

Il récolta quelques rires, ce qui sembla l'encourager à rajouter :

— Enfin quand on est marié à quelqu'un qui passe sa vie à demi-nu, il doit être compliqué de se concentrer !

Les rires redoublèrent. Amaryllis comprit soudain qu'elle allait devenir la tête de turc de cet homme jaloux et certainement frustré. Lentement, prise d'une rage qu'elle contenait à peine, elle se leva, fixant le professeur debout et sûr de lui.

— Vous ne savez rien de Siegfried, donc taisez-vous ! Il a ce qui vous manque et vous manquera toujours : le courage.

Puis elle se rassit, gardant son regard clair fixé sur lui.

Comme giflé, il faillit rétorquer, mais il opta, une fois encore pour la carte de la dérision. Amaryllis l'ignora, préférant se concentrer sur son planning. Ce n'était pas un vieux puant qui allait lui gâcher son année !

La matinée prit fin. Amaryllis put s'échapper, la rage au ventre. Elle dégringolait les marches de l'imposant perron lorsqu'on la héla. Elle se retourna, les dents serrées, prête à en découdre. Elle fut étonnée de se retrouver face à un petit groupe de filles, du même âge qu'elle.

— Salut, c'est quoi ton nom déjà ? Parce

qu'on va pas t'appeler Madame Frost hein ! s'exclama l'une d'elles, dont la stature de nageuse Est Allemande était accentuée par sa position dominante sur la marche supérieure.

— Amaryllis, mon prénom est Amaryllis.

— Enchantée, moi c'est Dahlia, elle Aubriette et la p'tite là c'est Lobelie. Ravie de te rencontrer.

Amaryllis hocha vaguement la tête sans trop s'engager.

— Eh c'est vrai ce qu'a dit le prof ?

— Quoi donc ?

— Ben que tu es mariée à Frost !

Amaryllis haussa une épaule désabusée, se retourna, achevant de descendre les quelques marches puis avança au long du trottoir. Les filles, pas vraiment découragées, la suivirent en criant :

— Eh, c'est vrai ou pas que tu te tapes tous les soirs ce mec, là ! s'exclama Dahlia, en montrant une affiche de la dernière campagne de publicité d'Only For Men qui s'étalait sur un panneau en 4X3m. Siegfried y était en caleçon, dans une ambiance de noir et de blanc qui soulignait chaque muscle de son corps, tandis que son regard, ressortant d'un bleu cru semblait transpercer l'âme.

Amaryllis se figea, pivota et planta son regard dans celui de l'étudiante.

— Oui je partage la vie de Siegfried, oui nous sommes mariés… Et non je ne me le tape pas tous les soirs, mais plusieurs fois ! Cependant la jouissance ne vient pas du fait qu'il est le plus beau mec du Bergseeland, mais du fait que nous sommes dingues l'un de l'autre. C'est bon, ça te va ? Tu veux d'autres détails ?

Elle soutint quelques secondes le regard de

la fille, avant de lui tourner le dos et, profitant du feu vert, de traverser l'avenue, laissant les étudiantes effarées par sa punchline.

Elle était encore furieuse lorsqu'elle poussa la porte du duplex, une boule amère lui barrant la gorge. Par chance, Henry avait entendu l'ascenseur et l'attendait en se trémoussant de tous ses plis. Elle enlaça sa bouille d'amour, oubliant un instant son affreuse matinée. Enfin elle posa sa veste, enleva ses chaussures et glissa en chaussettes sur le parquet, espérant que Madame Müller se soit cassé une jambe. Elle n'avait pas le moral pour affronter une énième réflexion aujourd'hui.

Mais au lieu de la redoutable gardienne des lieux, c'est Tahina qui jaillit de la cuisine, vêtue d'un bikini et d'un paréo mollement noué sur les hanches. Elle sauta littéralement sur la jeune fille.

— Oh ma belle, te voilà enfin, alors raconte-moi cette rentrée ? Viens t'asseoir et dis-moi tout !

Elle l'entraîna vers la terrasse où un soleil encore tiède prolongeait l'été dans un ultime effort. Elle poussa Amaryllis sur l'un des canapés, avant de crier un « Madame Müller » tonitruant.

Cette dernière vint aussitôt, apportant un plateau avec deux verres et quelques amuse-bouches.

— Voici Mademoiselle Tahina, Madame à votre service.

Puis avec une bienséance qui lui faisait défaut la plupart du temps, elle se retira. La Française tendit à son amie un verre rempli d'un liquide clair, de glaçons et de citron vert.

— Je t'ai préparé un Ti-punch, comme on fait chez moi à la Réunion. Je suis sûre que tu en as besoin !

— Euh oui ça ne sera pas de refus ! Mais… Tu lui as fait quoi à Madame Müller ?

— Ben rien, je lui crie dessus si elle est pas contente, c'est tout ! rigola Tahina en choquant son verre contre celui d'Amaryllis.

— À nous ma belle et à nos amours, qu'ils durent toujours… Dans ton cas ça semble bien parti !

Elles savourèrent une gorgée du rhum, frais et délicieusement parfumé, Amaryllis se détendant pour la première fois de la journée.

— Et maintenant raconte ! lui intima son amie.

Alors, elle lui déballa toute l'horreur de cette journée qu'elle attendait depuis des mois, et qui avait été gâchée par la faute de certains jaloux et envieux, ou, quelle que soit leur motivation ou justification, à leur agressivité gratuite. Tahina fut choquée. Elle grinça :

— Je vais aller lui faire bouffer ses rouflaquettes et son dentier à ce vieux pervers !

— Ne t'en fais pas, je gère…

Pour alléger l'atmosphère, elle lui relata son algarade avec les étudiantes, ce qui la fit hurler de rire. Elles furent prises toutes deux d'un fou rire, qui acheva de rasséréner Amaryllis.

Essuyant les larmes de gaieté qui perlaient aux coins de ses yeux d'un noir profond, Tahina, reprit son sérieux, lançant un regard en coin à son amie :

— Donc ce que je comprends surtout, c'est que tout semble plutôt bien aller entre toi et Siegfried, Madame oh je suis pas amoureuse et gnagnagna !

Amaryllis rougit, se racla la gorge, plongea dans son verre et évita de répondre.

Grâce à la compagnie de la joyeuse Réunionnaise, la journée qui avait plutôt mal débuté, finit mieux. Le soir, Amaryllis se plongea dans ses cours tandis que Tahina partait à une soirée.

Fatiguée, Amaryllis se coucha tôt, un peu déprimée non par sa journée, mais bien par l'absence de Siegfried. Elle songea avec amertume que la célébrité n'offrait rien d'enviable, hormis des jugements à l'emporte-pièce et des obligations. Comment Siegfried pouvait-il supporter tout ça ?

Heureusement, Henry s'allongea contre elle, l'embrassant avec une compassion dont seuls les chiens sont capables. Les larmes aux yeux, elle se retint de pleurer, préférant se lever, agripper l'un des pulls de Siegfried, et le visage noyé dans son odeur, s'endormir en le serrant contre elle.

Chapitre 21

Hésitant entre rêve ou réalité, elle sentit qu'on lui effleurait le visage, repoussait ses longues mèches éparses sur les oreillers, tandis qu'on lui mordillait la nuque. Elle grommela après Henry, lança une main au hasard, pensant rencontrer une masse poilue, elle heurta un visage. Elle ouvrit les yeux, et dans la demi-obscurité de la chambre, elle reconnut celui qui, elle ignorait pourquoi, faisait que sa vie avait une saveur particulière. Elle se redressa et se jeta dans ses bras, moitié riant, moitié pleurant, encore endormie et pourtant lucide.

— Siegfried !

Il la serra contre lui, l'embrassa, aussi fou et joyeux qu'elle pouvait l'être. Heureux de sa surprise, heureux de retrouver sa douceur, la tendresse de ses lèvres sur les siennes et la lueur brillante de cet amour exclusif, qu'il pouvait voir briller au fond de ses prunelles, éclairé par la lumière confidentielle des étoiles.

D'un geste, il lui ôta son T-shirt Deadpool, et elle fut nue, là, dans un rayon de lune.

— Mais qu'est-ce que tu fais là ? Tu ne devais pas rentrer dans deux jours ?

— Si, mais j'ai fait bosser l'équipe de tournage en mode marathon, rigola-t-il tout en effleurant sa peau, ses courbes tendres, du bout des doigts, la faisant frissonner.

Sans doute n'aimait-il rien de plus au monde que de la sentir frémir sous ses mains. Il repoussa la couette, dérangea Henry qui grommela, s'étira, puis sautant au bas du lit, partit finir sa nuit dans son confortable panier, qu'il n'utilisait qu'en cas d'urgence comme c'était le cas à ce moment même !

Le pull roula, Siegfried, étonné, le ramassa se demandant ce qu'il faisait là. Amaryllis le lui prit des mains, le serra contre elle tout en balbutiant, des larmes contenues dans la voix :

— Tu me manquais…

Sans un mot, bouleversé, il la serra dans ses bras, le cœur étreint par une émotion qu'il n'avait jamais éprouvée. Lui qui avait été privé si tôt de l'amour et de la tendresse de sa mère, il retrouvait en elle le même attachement viscéral, sincère et indéfectible. Jamais il n'aurait cru cela possible, jamais il ne l'avait même espéré… Maintenant elle était là, le contemplant d'un regard empli d'un amour sans limite. Il ignorait s'il en méritait autant. Tout ce qu'il savait en cette seconde même, c'est que le feu qui consumait son propre cœur était l'exacte réplique du sien. Il ne pouvait dire de quoi demain serait fait, hormis que ce sentiment brûlant, obsédant, aussi vif et douloureux qu'une flamme serait là, à jamais. Son cœur était irrémédiablement lié au sien…

Les journées suivantes se fondirent dans un rythme qu'on aurait pu croire immuable : training pour l'un et université pour l'autre, s'il n'avait fallu songer à préparer le déplacement à Hawaï.

Siegfried souhaitait de toute son âme qu'Amaryllis l'accompagne, cependant il ne voulait en aucun cas que ce soit à son détriment à elle. Elle avait ses cours, et sans doute était-ce plus important. Avec autant de tact qu'il lui était possible, il lui expliqua qu'elle n'était en rien obligée de l'accompagner, à moins qu'elle le veuille. À ces mots, elle éclata de rire :

— Mes cours, je les rattraperai ne t'en fais pas ! Te voir gagner à Kona vaut tous les cours du monde ! Et puis, avec tes hordes de fans hystériques tu as besoin d'une garde du corps, non ?

À son tour, il éclata de rire.

Soulagé, il put se consacrer à sa préparation avec d'autant plus de niaque et d'efficacité : il était hors de question qu'il perde devant Amaryllis !

Enfin ils embarquèrent pour un long périple vers l'île lointaine, à la fois excités et un brin fébrile, du moins était-ce le cas de la jeune femme. Ils passèrent tout le voyage à discuter, rire ou s'embrasser, ce qui à la longue exaspéra Lutsi qui réclama un siège loin d'eux !

Aux prises avec un jet lag de 10 heures, après avoir atterri à Honolulu, ils parvinrent à un hôtel avec vue sur l'océan, au bout de leur long voyage de presque 24 heures. Amaryllis s'écroula sur le lit, avec l'impression d'être passée sous un bulldozer. Siegfried la força néanmoins à se lever, s'exclamant d'un ton joyeux :

— Allez viens, on va se baigner !

Elle aurait préféré dormir 30 heures consécutives, néanmoins elle enfila un bikini en grommelant. Quelques minutes plus tard, elle ne regrettait plus de l'avoir suivi. L'eau délicieusement tiède lava sa fatigue, lui redonnant toute sa vitalité. Les quelques jours avant la course filèrent ainsi, sans qu'ils les voient passer.

La veille du championnat, la célèbre et incontournable Underpants Run de Kona eut lieu dans une ambiance festive et un peu folle.

La course, de 2,4 km avait débuté comme une boutade, afin de protester contre le comportement des triathlètes qui, pour quelques jours, investissaient la ville dans des tenues jugées incorrectes. Cette course en sous-vêtements, instaurée par dérision, était devenue au fil du temps une partie intégrante des championnats du monde de triathlon. Habitants de Kona, familles des athlètes et triathlètes eux-mêmes participaient à cette course tous ensemble, avec un seul but : ne pas se prendre au sérieux.

Bien évidemment, Siegfried et Amaryllis concoururent, parce qu'on a beau être champion du monde de triathlon on peut aussi avoir un brin d'humour. Revêtu seulement d'un boxer bleu, celui-là même qu'il portait pour la campagne de publicité qui couvrait les murs des villes du monde entier, il se mêla à la foule rieuse en caleçon, bikini et petite culotte. Ses doigts enlacés à ceux d'Amaryllis, il veillait sur elle avec un soin jaloux, tandis qu'un peu gênée, elle se cramponnait à lui. Pour l'occasion elle avait mis une petite culotte aux couleurs rouges, noires et jaunes du Bergseeland, associée à un exquis soutien-gorge rouge en dentelle, qui soulignait sa délicate poitrine. Ses longs cheveux, ramenés en queue-de-cheval, se balançaient en rythme à chacun de ses pas dans un mouvement presque hypnotique. Contrairement aux triathlètes féminines, sa mince silhouette conservait des courbes douces, sensuelles, qui ne pouvaient qu'attirer les regards. Si sa seule apparence n'avait pas suffi, le fait d'accompagner Siegfried aurait à lui seul, attisé les curiosités.

Siegfried était une célébrité, ici plus

qu'ailleurs ! Chacun lui disait bonjour, lui serrait la main, l'embrassait, et chacun glissait un coup d'œil à la délicieuse brunette qui se tenait à ses côtés, les sourcils froncés sur un regard acéré.

Le groupe complet des coureurs Canadiens vint le saluer, tous, hommes et femmes, arborant des sous-vêtements aux couleurs de leur pays avec une magnifique feuille d'érable sur la fesse gauche. Même les athlètes féminines ne semblaient pas insensibles au charme du Bergseelandais. Ils firent tous des selfies avec lui, tandis que les filles gloussaient comme n'importe lesquelles de ses groupies, faisant lever les yeux au ciel à Amaryllis.

— Tu es venu accompagné cette année, ce n'était pas la peine, remarqua l'une d'entre elles, on est là nous, hein les filles ?

— Oh oui je vous présente Amaryllis, ma femme…

— Ta femme ? Tu es marié maintenant ?

Ne put s'empêcher de s'ébahir l'une d'elles, tandis que les hommes évitaient à présent de regarder la jeune femme avec un peu trop d'attention.

— Ça pose un problème, lâcha Amaryllis, en passe de sortir de ses gonds.

— Euh, non, congratulations, se hâta-t-elle de dire.

Siegfried se retint d'éclater de rire, tandis qu'Amaryllis lui filait un coup de coude. La course démarra enfin dans la bonne humeur. Only For Men pouvait être satisfait de la publicité que leur égérie leur faisait : il n'y aurait guère de photos sans que leur boxer bleu ne s'y trouve !

Habitués à courir ensemble, leurs foulées s'accordèrent sans effort, soulignant l'évidence de leur complicité. Si cela fit jaser, ils ne s'en préoccupèrent pas, heureux d'être ensemble et de profiter de cet événement côte à côte.

Le soir alors qu'ils s'apprêtaient à aller se coucher, Lutsi les intercepta devant la porte de leur chambre.

— Eh les p'tits, demain c'est du sérieux donc ce soir pas de folies…

Siegfried le dévisagea, sans comprendre :

— De quoi ?

— Fais pas l'idiot, tu comprends parfaitement ce que je veux dire ! Le sexe ça coupe les pattes, donc ce soir c'est non, OK ? On est là pour gagner, pas pour s'envoyer en l'air.

Puis sur un regard affirmé, il les laissa là, pantois et au bord d'un fou rire.

Le soleil se levait sur une journée qui s'annonçait chaude et humide, mais tous les jours n'étaient-ils pas ainsi, sur cette île perdue ? Déjà la ville était prise d'effervescence, les triathlètes, numéro tatoué sur les deux bras et bonnet de natation sur la tête, s'apprêtaient à commencer la mythique course. Quelques minutes encore et plus de deux mille athlètes, hommes et femmes confondus, se jetteraient à l'assaut d'une épreuve, qui avec la chaleur, serait avant tout une lutte contre eux-mêmes.

Siegfried serra Amaryllis contre lui afin, sans doute, de puiser auprès d'elle un réconfort couplé à un espoir qui devraient le nourrir durant huit heures de course ou plus… Se raccrochant à lui, elle lui glissa à l'oreille des mots d'amour qu'il emporta dans le secret de son cœur, et qui, dans les moments les plus durs lui seraient une arme.

L'embrassant une ultime fois, il se détourna, déjà concentré, déjà dans sa course, lorsqu'elle s'exclama :

— Eh Siegfried !

Il la regarda, plantée sur le quai, pâle et pourtant déterminée, s'exclamer en Bergseelandais, certaine que nul en dehors de lui ou de Lutsi, ne comprendrait ce qu'elle disait et indifférente dans le cas contraire :

— Tu as intérêt à gagner cette course, qu'on n'ait pas traversé la moitié du globe pour rien ! Et si jamais tu ne gagnes pas, tu feras ceinture pendant un mois, ajouta-t-elle dans un sourire narquois, qui illumina son visage auréolé par les premiers rayons de soleil.

Il faillit éclater de rire, répondant simplement :

— Tu as des arguments de choc. Je vais gagner.

Puis il fit glisser les lunettes de natation sur ses yeux, et torse nu, se mêla à la foule des compétiteurs.

Amaryllis le vit courir puis plonger dans une eau translucide, cherchant à le suivre du regard, le cœur battant, excitée et effrayée à la fois, comme elle le serait durant des heures, jusqu'au moment où il franchirait la ligne d'arrivée, mettant fin à son calvaire inhumain.

Pour l'instant impossible de discerner où il était, elle ne pouvait qu'espérer, ne pouvant trouver aucun soutien moral auprès de Lutsi, elle était là, dans un sentiment d'inutilité qui lui faisait monter les larmes aux yeux, quand soudain on l'interpella.

— Mademoiselle !

En se retournant elle reconnut un couple de Français, quinquagénaires venus accompagner leur fils, à peine plus âgé qu'elle-même, afin de réaliser son rêve : participer à la mythique course de Kona. Ils les avaient rencontrés la veille, alors qu'ils étaient tous deux passés récupérer le dossard de Siegfried. Un jeune homme l'avait alors abordé dans un anglais balbutiant, à fois parce qu'il maîtrisait mal cette langue et parce qu'il était intimidé d'être soudain face à son idole.

— Monsieur Frost, je... C'est un tel honneur de vous rencontrer...

Siegfried lui avait tendu la main, lui avait asséné une solide claque sur l'épaule tout en lui rétorquant que l'honneur était pour lui.

Le jeune bafouillait, s'embrouillait. Il s'était tourné vers ses parents qui se tenaient derrière lui, auprès de qui sans doute, il avait toujours pu trouver une source d'aide et de soutien. Comprenant alors qu'ils étaient Français, Amaryllis, touchée par son émotion, l'avait interpellé dans cette langue :

— Siegfried n'est pas un monstre sacré, juste un homme qui repousse ses limites.

— Il est champion du monde de triathlon depuis dix ans, double médaillé olympique, il a déjà remporté trois fois Kona, jamais personne avant lui n'avait eu un tel palmarès ! s'était écrié le Français, confus et enthousiaste.

— Il... Frost est son modèle depuis des années, c'est ce qui l'a poussé à se lancer dans ce sport, avait tenté d'expliquer sa mère, un peu confuse.

Amaryllis avait hoché la tête, traduisant rapidement à Siegfried qui avait répondu :

— Il n'y a pas d'idole, elles sont faites pour tomber et un jour tu me battras, même si ça ne sera pas tout de suite, pas demain du moins...

Rougissant, le jeune athlète lui avait alors demandé :

— Auriez-vous un conseil à me donner ?

— Cette course n'est pas la plus dure au niveau des dénivelés, il y a bien pire. Ce qui la rend si particulière c'est la chaleur, l'humidité, les vents inconstants, c'est contre toi-même avant tout que tu devras te battre. Et rappelle-toi : on n'abandonne jamais à Kona, on finit, même si ce doit être en rampant !

Ce matin, ses parents, blancs d'angoisse, étaient là, debout sur le quai, le visage tendu vers la mer agitée par la force des milliers de bras des nageurs. Ils se frayèrent un passage dans la foule, jusqu'aux côtés d'Amaryllis, s'écriant :

— Mademoiselle !

Elle les avait salués d'un sourire, s'apprêtant à réfuter, mais le père, visiblement empli de craintes pour son garçon, ne lui en avait pas laissé le temps.

— Comment allez-vous ? Comment faites-vous pour supporter toute cette tension ? Votre ami est champion sans doute cela aide-t-il…

— Siegfried n'est pas mon p'tit ami, c'est mon mari, avait-elle cru bon de préciser, faisant naître une stupéfaction incrédule qui passa, fugitive, dans le regard des Français.

— Pour vous répondre, je crois qu'on ne s'habitue jamais. Je m'apprête à vivre les huit prochaines heures en apnée, fit-elle dans un sourire.

— Oh je pensais que peut-être, avec le temps cela devenait une routine…

Elle haussa une épaule, son attention se reportant sur la mer, là-bas où Siegfried luttait à la fois pour s'attribuer une bonne place et pour ne pas trop éroder ses forces.

— Quand on aime quelqu'un et qu'il se lance dans une telle folie, on ne peut que s'inquiéter, peu importe le nombre de fois où il le fait !

Le père hocha la tête, sans doute comprenait-il.

— Excusez-moi pour ma curiosité, mais je croyais que le Bergseeland était un pays très fermé, et que les mariages avec des étrangers étaient interdits.

— Comment ça, je ne comprends pas ?

— Oui vous êtes Française et Frost est du Bergseeland...

Amaryllis éclata de rire, avant de répondre :

— Je ne suis pas Française, je suis née à Heinrichburg, en revanche ma mère est Française, c'est pourquoi je parle si facilement cette langue. Le Bergseeland est un pays ouvert, nous ne voulons seulement pas que les autres pays influencent notre manière de vivre.

Après une seconde, elle ajouta.

— Vous devriez visiter le Bergseeland, faites une demande de visa et ensuite venez voir de visu comment nous vivons, vous constaterez qu'il y a beaucoup de fantasmes ! Le Bergseeland est un pays magnifique, paisible où il fait bon vivre.

Puis elle les laissa là, son attention focalisée sur les premiers coureurs, qui dégoulinants, sortaient de l'eau en soufflant et au pas de course. Le cœur battant de plus en plus fort au fur et à mesure des compétiteurs qui s'arrachaient de la mer, elle vit enfin Siegfried, reconnaissable de loin avec sa silhouette élancée, et le seul comme toujours à être torse nu. Il passa devant elle, arrachant déjà son bonnet, mais lui décochant néanmoins un clin d'œil. Elle cria, sa voix se perdant dans les acclamations de la foule, qui hurlait en reconnaissant le champion. Sans doute n'avait-il pas entendu ce qu'elle lui disait, mais du moins l'avait-il ressenti. Galvanisé, il avait sauté sur son vélo, enfilé un T-shirt et un casque, en route pour l'atroce épreuve d'une ligne droite, pleine de faux plats et de vents contraires, qui se perdait dans un paysage volcanique et minéral, où rien ne venait accrocher le regard. Plus que jamais, il devrait puiser dans sa force mentale.

Après 180 km d'une route au paysage lunaire, il rangea son vélo, troqua son casque contre une casquette aux couleurs de son pays, exactement la même qu'Amaryllis arborait ce jour-là, avant de s'élancer dans l'épreuve finale, celle du marathon. Lorsqu'il passa devant la foule agglutinée, il chercha la jeune femme, accrocha son regard l'espace d'une seconde, s'y remplit le cœur d'amour et d'espoir, assez pour tenir les deux prochaines heures. Puis il déroula sa foulée, longue et souple et se laissa porter.

Amaryllis le suivit des yeux autant qu'elle put, avant de se tourner vers Lutsi, inquiète :

— Il y a presque une quinzaine de concurrents devant lui…

— T'en fais donc pas, il gère !

— Il avait l'air épuisé…

— Mais non, fatigué oui, le vélo est une épreuve usante ici, mais il va retrouver un deuxième souffle. N'oublie pas qu'avant tout, il est un marathonien, ce que les autres ne sont pas forcément. Il court à la même vitesse qu'un marathonien pur, ce qui est beaucoup plus vite qu'un triathlonien. Tu sais qu'il a participé plusieurs fois au marathon de New York ou Paris ? À chaque fois il s'est classé dans les cinq premiers, parmi les vrais marathoniens. Donc arrête de flipper pour rien !

Toujours angoissée, elle n'osa cependant pas exprimer à haute voix ses interrogations : s'était-il bien hydraté ? Avait-il pu profiter de la partie vélo afin d'absorber assez de protéines ? Lutsi se serait encore moqué d'elle, même si ses préoccupations étaient légitimes. Elle ne pouvait que rester là, terrifiée, croiser les doigts et espérer que tout son entraînement et son expérience le mèneraient là où il le voulait.

L'après-midi avançait, le temps, inéluctable tournait lui aussi. Bientôt les huit heures fatidiques seraient passées, ce temps mythique en dessous duquel nul n'avait encore pu effectuer le triathlon de Kona, cette barre à laquelle Siegfried avait juré s'attaquer et exploser, comme s'il suffisait d'avoir assez de volonté pour réussir.

Les jointures blanches à force de garder les mains pressées l'une contre l'autre, elle voyait le chronomètre égrener le temps, tandis que le speaker relatait l'état des coureurs. Puis il annonça :

— Afin de ménager le suspense, je ne vous avais pas dévoilé le classement du champion olympique, Siegfried Frost, du Bergseeland.

Le cœur d'Amaryllis s'arrêta de battre, tandis qu'elle attendait la suite.

— Comme à son habitude, il a remonté tous ses concurrents et le voici, seul en tête...

À ces mots, tous purent découvrir Siegfried qui foulait au pas de course le tapis menant vers l'arrivée. Il se paya même le luxe d'accélérer sur les derniers mètres, avant d'arracher le ruban marquant l'arrivée. Il le leva au-dessus de sa tête dans un hurlement victorieux, tandis que l'horloge annonçait 7 heures et 56 minutes. Non seulement il remportait l'épreuve pour la 4e fois, mais il se payait le luxe d'en battre le record historique.

La foule était en liesse. Amaryllis pleurait de joie, de soulagement aussi, lorsque Lutsi la poussa en avant. Dans un brouillard elle se retrouva dans les bras de Siegfried, lui disant des mots sans suite et peu importait, ils venaient directement de son cœur.

Sous les cris de la foule ils s'embrassèrent, cramponnés l'un à l'autre. Puis Siegfried s'écarta, la dévisagea avec un demi-sourire radieux, mit un genou au sol, et fouillant dans la poche de son T-shirt, il en sortit une bague qu'il lui tendit en murmurant :

— Lors de notre mariage je ne t'avais pas choisie, aujourd'hui je le fais. Lily, mon amour, veux-tu passer ta vie avec moi ?

Prise de court, submergée par une émotion qui la faisait trembler, elle hocha la tête, tandis que des larmes de joie dévalaient sur son visage. Puis elle cria un « oui » joyeux, plein de vie, vibrant d'amour. Un frisson d'émotion parcourut la foule, alors qu'il lui passait à l'annuaire une bague surmontée d'un délicat diamant.

Il l'embrassa, plus heureux sans doute de son oui que de sa victoire éclatante.

Chapitre 22

Le retour fut euphorique. Les journaux du monde entier titraient sur son record, tandis que la presse people s'en donnait à cœur joie avec sa demande faite sur le podium d'arrivée. Amaryllis était sur un petit nuage, et sans doute l'étaient-ils tous ! Même Lutsi arborait une sorte de rictus qui devait être un sourire.

Amaryllis reprit le chemin de l'université, ressentant pour la première fois de sa vie une sorte de plénitude : était-ce cela le bonheur ?

Elle s'installa sur un banc de l'amphithéâtre, sereine et détendue, pas même ennuyée par les coups d'œil, nombreux, dont elle était l'objet.

Le professeur posa son sac d'un geste sec sur son bureau, parcourant la foule des élèves, s'arrêtant sur Amaryllis, qui sortait ses cours.

— Nous avons beaucoup de chance ce matin, Madame Frost daigne être parmi nous.

La jeune fille releva la tête, surprise.

— Vous n'aviez rien de prévu aujourd'hui, pas de voyage ni de cocktail, donc vous vous êtes dit, tiens je vais aller me balader à l'université, c'est ça ?

Lentement, en proie à une colère qui balayait tout, elle se leva, soutenant son regard froid, plein de morgue et de suffisance :

— Vous me jugerez sur mes résultats, je ne suis pas une collégienne qu'on reprend sur un quelconque absentéisme, Monsieur…

— Vous n'êtes pas en France, mes cours ne sont pas à la carte !

— Il se trouve qu'avant de partir aux

championnats du monde d'Ironman à Hawaï, j'en ai parlé avec Monsieur le Recteur, qui n'y a vu aucune objection. Je vous invite donc à en discuter avec lui.

Pris de court le professeur devint blême.

— J'ignore pour qui vous vous prenez ma p'tite, mais ici c'est moi qui dicte les règles !

— Je ne suis pas votre p'tite, je suis juste une élève comme une autre. Donc cessez vos attaques personnelles, tout le monde y gagnera.

Puis, elle se rassit avec une assurance qu'elle n'éprouvait sans doute pas. Portée par sa colère, elle fulminait. Pourquoi fallait-il sans cesse que certains s'ingénient à tout faire afin de détruire rêves et bonheur ? Quelles anciennes frustrations et blessures personnelles, les poussaient à autant d'agressivité ? Voilà qui était un mystère pour elle. Enfin ce n'était pas un type pareil qui pourrait l'atteindre. Ses doigts frôlèrent son alliance et la bague qui s'y trouvait jointe à présent, son cœur bondissait en songeant à Siegfried. Elle y puisa assez de réconfort pour afficher un sourire qui parut illuminer l'amphithéâtre.

En rentrant, elle trouva Lutsi et Siegfried, en grande discussion houleuse dans le bureau de ce dernier. Henry sur les genoux, elle s'installa sur le canapé en cuir brun, tentant de comprendre ce qui se passait.

Elle aurait voulu parler avec Siegfried de l'attitude de son professeur principal, cependant ça ne semblait pas le moment.

— Qu'est-ce qu'il y a ? Qu'est-ce qui se passe ?

Sans un mot, Lutsi lui tendit un journal d'un

geste sec. C'était un magazine scientifique américain qui remettait en cause les capacités physiques de Siegfried.

— Mais ils sous-entendent quoi ? s'effara Amaryllis.

— Que je me dope, je suppose !

— C'est complètement stupide, déjà ce n'est pas le cas, et il y a des contrôles, donc qu'est-ce qu'ils veulent ?

— Les gros pays ne sont jamais très heureux lorsqu'un plus petit leur tient la dragée haute, même quand c'est en sport ! Le propriétaire de ce journal, comme par hasard, est un milliardaire proche ami du président en place, laissa tomber Lutsi entre ses dents.

— Qu'est-ce qu'on peut faire ?

Siegfried la rassura d'un sourire.

— Ne t'en fais pas, ce n'est pas la première fois que certains veulent me traîner dans la boue. On s'en tirera comme toujours.

— Mais comment ?

— Lutsi va les contacter et leur dire que j'accepte de me soumettre à tous les tests qu'ils souhaitent, à condition qu'ils soient effectués au Bergseeland.

Le problème soulevé par le journal américain, fut repris par des journaux du monde entier, et comme une traînée de poudre, la question d'un possible dopage du champion du monde à la fois d'Ironman et de triathlon, sembla devenir le centre de toutes les interrogations de la planète. Amaryllis fulminait, tandis que Siegfried restait calme et que Lutsi contactait une foule d'avocats, au cas où…

Siegfried accepta tous les tests exigés par le journal qui l'avait mis en cause. Toutefois il y eut de longues discussions, en effet les pseudo-journalistes scientifiques qui partaient du principe que la résistance physique du corps humain ne pouvait en aucun cas l'amener à réussir à supporter de telles épreuves, refusaient que les tests soient effectués au Bergseeland. Pourquoi ? Parce qu'ils remettaient en cause l'intégrité des laboratoires… L'affaire grimpa jusqu'au Premier ministre et au Président. Furieux que des journalistes américains classent leur pays au rang d'une sorte de république bananière, le Président contacta son homologue Américain dans un échange, qui, s'il resta secret n'en demeura pas moins virulent. Soutenant l'athlète, le gouvernement se jugea insulté, tandis que les organisateurs du championnat de Kona juraient que tous les tests avaient été effectués et que tous étaient négatifs.

C'est dans cette ambiance survoltée, qu'Amaryllis poursuivit ses cours, en serrant les dents. Son professeur référent sauta sur l'occasion afin de la rabaisser, mais elle tint bon. C'était une période difficile, elle s'évertua à sourire même si la plupart du temps elle aurait préféré rester cachée sous sa couette à pleurer. Mais pour Siegfried elle ne devait en aucun cas baisser les bras. Alors, elle se levait chaque matin, partait faire un court footing, puis filait à l'université en espérant que le biologiste soit passé sous un camion.

Elle n'en parla avec personne. Ce n'était pas le moment, Siegfried avait d'autres soucis bien plus graves à gérer !

Par chance ou plutôt parce qu'il bénéficiait d'un soutien populaire qui s'étendait non seulement aux hommes politiques de son pays, mais à une majorité de personnes dans le monde entier, outrées par le traitement qui lui était fait, l'affaire s'effondra d'elle-même lorsque les résultats des tests furent révélés dans la presse du Bergseeland.

Une autre affaire secouerait bientôt la planète, une nouvelle chassant l'autre, et tous oublieraient les iniques soupçons qui avaient pesé sur Siegfried. Tous sauf Amaryllis qui en resta traumatisée : comment Siegfried faisait-il afin de rester si serein ? Comment pouvait-il si aisément préparer les JO, comme si rien ne s'était passé ?

Chapitre 23

Les semaines déroulèrent leurs longues heures, s'accrochant afin de faire des mois. Bientôt Amaryllis termina son année, la réussissant haut la main, malgré tout le harcèlement moral qui lui était fait. Elle était cependant beaucoup trop opiniâtre et pugnace pour baisser les bras !

C'est avec un vrai sentiment de libération qu'elle rangea ses cours et qu'elle s'apprêta à accompagner Siegfried à Paris, lieu des prochains Jeux Olympiques d'été.

Juillet fut bientôt là. C'est avec une émotion étrange, faite de plaisir de retrouver cette ville, d'une certaine nostalgie de ses années d'étudiante et du bonheur sans commune mesure d'y revenir accompagnée de Siegfried qu'elle débarqua à Roissy Charles De Gaulle. Un an à peine séparait l'Amaryllis étudiante en licence, de la jeune femme qu'elle était à présent. Une année qui avait tout changé : sa vision du Programme et celle de l'amour.

Dans le taxi qui les emmenait au cœur de la ville, ses doigts enlacés à ceux de Siegfried, elle retrouvait les émotions qui l'avaient étreinte lorsqu'elle avait débarqué pour la première fois dans cette capitale immense, en comparaison de Heinrichburg. Un mélange de fascinations et d'incompréhension. Elle avait découvert la folie des hypermarchés, inconnus au Bergseeland, ceci afin de privilégier le commerce de proximité et non les grands groupes de distribution. Les monuments prestigieux, les hôtels

Haussmanniens, les bousculades dans les transports en commun, les parcs clos et débordants d'interdictions, les musées et les expositions, rien ne l'avait laissée indifférente. Aujourd'hui elle revenait, et ces émotions la submergeaient à nouveau.

Le taxi les emmena directement au village Olympique situé sur les communes de Saint-Denis et de Saint-Ouen, à moins de 5 minutes du stade de France. Le village se composait de blocs d'appartements de quelques étages, donnant sur des places arborées où il était possible de trouver différents services tels que café, restaurant, coiffeur, etc. La délégation du Bergseeland avait réservé un étage entier pour le confort de ses cinq athlètes. Le drapeau du Bergseeland se tendait avec fierté sur le balcon situé tout en haut du petit bâtiment, sans paraître s'émouvoir des énormes pays qui occupaient des immeubles entiers.

Ils posèrent leurs sacs dans l'appartement qui leur était réservé, excités par l'aventure, du moins pour Amaryllis. Lutsi récrimina après l'espace qui leur était alloué et les lieux d'entraînements.

Siegfried l'ignora, ouvrit l'une des portes-fenêtres donnant sur un balcon qui courait autour du bâtiment, s'accouda à la balustrade en lançant :

— Bon, on va un peu explorer les lieux ?

L'effervescence de ces Jeux semblait avoir gagné non seulement toute la ville, mais le monde entier. Soudain Paris en était le centre. L'ouverture des JO se fit au stade de France, Amaryllis assise aux côtés de Lutsi et des autres entraîneurs et membres des familles des athlètes Bergseelandais. C'était un moment incroyable, qui atteignit cependant son paroxysme pour la jeune femme, lorsqu'elle vit le drapeau rouge, noir et jaune, tenu par Siegfried, en tête de la mince délégation du Bergseeland.

Ses cheveux blonds prenaient des teintes colorées dans les feux d'artifice illuminant la nuit.

C'était sa 4ᵉ participation à cette ferveur sportive, était-ce la dernière ? C'était sans aucun doute la question qu'il se posait, en défilant, un sourire charmeur aux lèvres. Sur son passage non seulement le cœur d'Amaryllis battit plus fort, mais les cris de la foule redoublèrent. À l'applaudimètre il avait d'ores et déjà gagné !

Les jours suivants furent consacrés à la découverte des différents endroits où aurait lieu l'épreuve de triathlon. Longeant les quais, c'est avec un air assez dubitatif qu'ils examinèrent la partie de la Seine qui servirait pour la nage en eau libre. Le fleuve, d'une teinte grisâtre, n'inspirait guère confiance. Siegfried soupira, gardant ses pensées pour lui, cependant qu'il songeait aux eaux claires de la rivière qui traversait Heinrichburg.

— L'avantage, remarqua Amaryllis, un sourire en coin, c'est que bien peu survivront à la pollution, donc si tu n'attrapes pas une maladie inconnue aux sonorités imprononçables, tu gagneras facile !

Il lui décocha un coup d'œil :

— Ça semble te tenter, tu veux y aller à ma place ?

— Non, c'est toi le champion, je ne voudrais

pas te priver..., rétorqua-t-elle d'un ton malicieux.

Les journaux ne titraient plus que sur les JO sur les victoires ou les épreuves à venir. Les journalistes se battaient presque afin d'obtenir des interviews des champions, Siegfried ne faisant pas exception. Lutsi veillait toutefois au grain, maintenant une seule position : zéro journaliste avant la compétition !
Un média indépendant, mené par une équipe ayant une vision différente sur les événements, proposa non pas une demande d'interview auprès du champion, mais auprès de ses proches. Lutsi accepta pour Amaryllis, et un matin, une équipe réduite entra dans le minuscule appartement qu'ils occupaient au village Olympique. Siegfried et son coach n'étaient pas là, ajustant quelques détails lors d'entraînements plus spécifiques.
Amaryllis, pas très enthousiaste, fit signe à la jeune journaliste de s'installer dans un fauteuil, tandis que son cameraman réglait les prises de vues.
La journaliste débuta ses questions en anglais, mais Amaryllis lui répondit, dans un français sans accent, qu'elle pouvait poursuivre dans cette langue. Surprise la journaliste fit :
— Vous maîtrisez le français à la perfection, est-ce commun dans votre pays ?
— Le Bergseeland est un petit pays, notre langue est compliquée, aussi être ouvert aux autres cultures est quelque chose qui est enseigné dès le plus jeune âge.
— C'est impressionnant ! Vous êtes mariée au triathlonien Siegfried Frost, que certains connaissent au travers de la marque Only For

Men, dont il est l'égérie depuis des années. Pouvez-vous nous raconter votre rencontre ?

Amaryllis se mordit la lèvre, soudain consciente du gouffre culturel qui la séparait de la Française. Commentô expliquer ? Comment justifier un système qu'elle ne cautionnait pas elle-même ? Pourtant, malgré toutes ses réticences, il avait fonctionné… Alors comment décrire sans paraître soutenir une propagande.

— C'est compliqué…, lâcha-t-elle à mi-voix.

— Racontez-nous, comment rencontre-t-on un champion olympique au Bergseeland ?

Amaryllis soupira, serra les mâchoires, puis se lança :

— Nous nous sommes rencontrés le jour de notre mariage, puisque nous avions tous les deux fait confiance au Programme afin de trouver notre âme sœur. Pourquoi perdre du temps pour ça, lorsqu'une IA peut le faire de manière éprouvée depuis des générations !

La journaliste resta stupéfaite, s'accrochant par chance à tout son professionnalisme.

— Vous voulez dire que vous ne connaissiez pas votre futur mari ? Vous ne l'aviez jamais rencontré ?

— C'est ça.

— Mais… C'est plutôt horrible…

Amaryllis haussa une épaule.

— Ce programme a été mis en place dès les années soixante. Il a été perfectionné au fil des ans et des progrès en informatique et tri des données. Il peut paraître brutal, je comprends votre réaction, mais il fonctionne.

— Vous voulez dire que vous êtes tombée amoureuse par la suite de votre, euh mari ?

Amaryllis, l'espace d'un battement de cœur, revécut ce moment où elle avait croisé le regard si bleu de Siegfried. Elle lança un sourire à la journaliste :

— Non, j'ai eu le coup de foudre pour lui, ce jour-là... À la seconde précise où nos regards se sont croisés.

Sans qu'elle l'ait remarqué, la porte de l'appartement s'était ouverte sur Siegfried, revenu de son training. Sans un bruit, il s'était glissé dans la pièce, et s'était penché vers sa jeune femme. Il l'avait embrassé furtivement sur la tempe, tout en lui demandant ce qu'elle disait.

Elle avait rougi, puis soutenant son regard, elle avait murmuré en Bergseelandais :

— Simplement que j'étais tombée amoureuse de toi, à l'instant même où j'ai croisé ton regard dans la salle des mariages. J'ai cru que le monde s'ouvrait et m'aspirait, tandis que le ciel se déversait sur moi. Je n'avais jamais eu de coup de foudre auparavant, c'était effrayant..., éclata-t-elle de rire.

Saisi, il l'avait contemplée une seconde, le cœur inondé de tant d'amour qu'il en avait le souffle coupé. Il l'avait embrassée, sans même se préoccuper des journalistes.

— Tu ne me l'avais jamais dit !

Elle n'avait rien répondu, s'était contentée de lui sourire, puis de le rabrouer qu'elle avait une interview à terminer. Il avait éclaté de rire et l'avait laissée, cependant que les journalistes se frottaient les mains : ils tenaient une séquence exceptionnelle qu'il suffirait de traduire !

Le jour de l'épreuve de triathlon était arrivé, très vite. Siegfried, malgré ses réticences sur la partie nage, avait plongé, torse nu, dans ce qui semblait plus un bouillon de culture qu'un fleuve. La rage au ventre il en avait jailli dans les premiers, jetant tout dans un seul but : gagner ! Pour lui-même et surtout pour Amaryllis. Il était inenvisageable qu'il perde devant elle.

Il avait maintenu son classement dans l'épreuve de vélo, et déboulé plus affûté que jamais pour le semi-marathon. C'est à une allure presque folle qu'il l'avait effectué, remontant puis distançant les autres concurrents pour passer la ligne d'arrivée largement en tête, et battre son propre record.

C'était une victoire magnifique, que le Bergseeland savoura avec jubilation.

Pour Amaryllis, outre sa fierté, c'était avant tout un soulagement : Siegfried pourrait clôturer sa carrière avec éclat, et peut-être pourrait-il être un peu moins exigeant avec lui-même. Peut-être…

Enfin, après la cérémonie de clôture, ils reprirent le chemin vers Heinrichburg. C'était un moment particulier, fait de satisfaction et d'espoir. Chacun projetait ses propres attentes sur les mois, voire les années à venir. Amaryllis, ses doigts enlacés à ceux de Siegfried, rêvait à une vie de connivence, où leur complicité pourrait s'épanouir. Elle s'efforça de rester patiente, même lorsque hôtesses et stewards, le sollicitèrent pour des autographes et que l'avion entier l'applaudit.

À leur descente à Heinrichburg, ce ne furent pas moins un tapis rouge et une limousine qui attendaient les athlètes. Entraîneurs et familles furent priés de prendre des taxis, tandis que la limousine, escortée par des gardes montés sur de solides chevaux noirs, emportait les champions.

La ville entière leur offrit une véritable standing-ovation : toutes les avenues remontant vers le Parlement étaient noires de monde. La foule jetait des brassées de fleurs devant eux, criait et applaudissait comme au passage de chefs d'État. C'était impressionnant et sans doute Siegfried devait-il se demander si tout ça était réel et justifié.

Toutefois Amaryllis n'était pas à ses côtés afin de recevoir ses impressions. Elle ne vit les images qu'au journal télévisé, partagée entre plusieurs sentiments alliés à une angoisse sourde.

Elle les chassa tous, préférant embrasser Henry et enfiler un bikini afin de plonger dans la piscine et nager, comme suspendue dans le ciel. Elle attendit longtemps le retour de Siegfried, furieuse de sentir à nouveau les dents d'un piège se refermer sur elle. Les émotions qui tenaillaient son cœur étaient les mêmes que celles qu'elle avait ressenties l'été précédent : cet espoir qui demeurait, malgré la folie de remettre sa vie entre les mains d'un programme informatique. Cette sensation de tourbillon inéluctable, qui tel un prédateur, l'avait saisie à la gorge.

Ce soir-là, seule dans leur grand lit, le chien ronflant contre elle, il lui semblait être aspirée contre son gré dans un vortex incontrôlable. Elle repoussa ses impressions de toutes ses forces, pourtant le cœur glacé, elle ne pouvait lutter. Elle serra Henry, sanglotant contre lui, le cœur dévasté par une sorte de pressentiment…

Chapitre 24

Siegfried était revenu très tard dans la nuit, alors, afin de ne pas la déranger il avait dormi dans son bureau, comme jadis.

Au matin elle s'était levée, avait tâtonné la place vide, si blessée qu'elle en avait la nausée. Pieds nus, elle avait dévalé l'escalier, suivie par le bulldog à demi endormi. Elle avait ouvert le bureau et l'avait vu, étendu là, une sorte de sourire tranquille l'accompagnant dans ses rêves. Elle avait eu envie à la fois de l'embrasser et de lui mettre tout autant de coups de pied, du moins assez afin d'effacer ce sourire !

Elle se contenta, la rage au cœur, de refermer la porte, de s'habiller et d'emmener Henry pour une longue balade sur le front de mer.

Les kiosques à journaux affichaient tous en première page, le retour des héros avec en pleine page la photo de Siegfried, sa médaille en or scintillante dans un rayon de soleil.

Un frisson d'appréhension parcourant son échine, elle avait considéré les journaux un long moment, partagée à nouveau entre diverses émotions. Devait-elle se réjouir pour lui ? S'effrayer pour eux deux ? Être aussi fière de lui qu'elle pouvait avoir pitié d'elle-même ?

C'est Henry, qui impatient, rompit le déferlement de ses pensées, l'emmenant en quelques bonds sur la plage, à la chasse aux crabes.

Lorsqu'elle rentra, un peu rassérénée grâce

à la bonne humeur de son compagnon poilu, elle souriait, savourant d'avance le moment de retrouver celui qui, malgré tout, faisait que pour elle le monde était plus beau. Ayant déjà remisé sa déception de la veille dans un coin poussiéreux, elle ne songeait plus qu'à se fondre dans la douceur de ses bras, fermer les yeux et tout oublier. Lorsqu'elle poussa la porte, Madame Müller l'accueillit en posant un café noir sur la table du salon, tout en disant :

— Monsieur vient juste de partir. Il m'a demandé de prévenir Madame qu'il avait des rendez-vous toute la journée.

Prise de court, Amaryllis se figea. Elle attrapa à nouveau son sac et ses clefs, siffla Henry et claquant la porte derrière elle, dégringola les cinq étages par les escaliers. Elle s'installa dans un café en bord de mer, commanda un grand café noir, puis sortant son smartphone elle se jeta sur WhatsApp, presque meurtrie de n'y trouver aucun message de Siegfried.

Elle hésita. Devait-elle lui écrire, ou attendre qu'il le fasse ?

Elle préféra laisser sa colère s'exprimer, tant pis !

— Je peux comprendre beaucoup de choses, que tu ne me laisses aucun message, non. Étant donné que tu ne sembles pas très intéressé par ma présence, je vais aller passer quelques semaines chez ma sœur à Toronto. Ne t'imagine pas une seconde que je suis l'une de tes groupies. Si tu veux me contacter tu sais comment faire.

Ensuite elle appela Iris, qui sauta de joie à l'idée d'accueillir sa petite sœur, depuis le temps qu'elle en rêvait. Prendre un billet fut une formalité. La main tremblante, elle but son café, puis d'un pas ferme elle rentra à la résidence. Elle boucla une valise en quelques minutes, appela un taxi sous l'œil rond de Madame Müller. Les larmes aux yeux elle embrassa le bulldog, dont le regard triste la déchira tant, qu'elle faillit renoncer. C'est la sonnerie de son téléphone, annonçant l'arrivée du taxi, qui l'obligea à refermer la porte.

Elle agissait sur un coup de tête, certains auraient trouvé son comportement exagéré, sans doute, mais son amertume et son dépit étaient trop forts pour qu'elle reste là, à patienter gentiment. De toute manière, lui jeter des assiettes à la tête ne semblait pas une meilleure idée !

Elle faisait la queue aux contrôles, lorsque son téléphona sonna. Elle savait déjà qui l'appelait. Elle répondit un simple « oui » d'un ton glacé.

— Lily, mais qu'est-ce qui se passe ?

— Tu le demandes ?

— Je sais que c'est un peu la folie, mais ça va se tasser… On peut en parler demain ? Ce soir je vais rentrer tard encore, mais demain… S'il te plaît…

— Je suis à l'aéroport, mon avion décolle dans une heure. Je ne suis pas un meuble qui décore ta vie et ton lit. Si tu ne le sais pas encore, tu vas vite le comprendre !

Puis elle coupa la conversation, posant son sac à main sur le tapis afin que les douaniers en vérifient le contenu.

Le smartphone s'agita à nouveau sans qu'elle y prête attention. Rageant intérieurement, elle renvoya cependant un charmant sourire au policier qui n'en demandait pas tant.

Onze heures plus tard, elle débarquait dans une fraîcheur annonciatrice de l'automne canadien, et tombait dans les bras sa sœur. Le cœur toujours étreint par une colère qui l'avait tenue durant tout le vol. Une fois dans le joli appartement qu'Iris et son mari avaient acheté, elle s'écroula dans le canapé du salon, sa sœur leur faisant chauffer un chocolat chaud recouvert de crème, comme lorsqu'elles étaient petites.

C'est seulement à ce moment-là qu'elle jeta un coup d'œil à ses messages. Comme prévu, plusieurs provenaient de Siegfried. Le sang battant à ses tempes, le corps entier comme serti dans de la glace, elle les lut, réprimant larmes et tremblements.

— Je t'aime Lily, tu es la seule chose qui compte pour moi ! Comment peux-tu croire le contraire ? Avec cette nouvelle médaille c'est un peu n'importe quoi, mais ça ne va pas durer, alors s'il te plaît sois patiente… Je ne suis pas très adroit question relations, tu le sais ! Ne m'en veux pas ! Je t'en prie !

Elle ne lui répondit pas, l'esprit et le cœur beaucoup trop bouillonnants d'émotions contradictoires. Qu'il macère donc un peu, ça ne lui ferait pas de mal !

Sa sœur avait repoussé tous ses rendez-vous, prétextant un problème familial imprévu, afin de pouvoir savourer la présence de sa petite sœur. Cela faisait si longtemps qu'elles ne s'étaient pas retrouvées à pouffer et glousser, blotties l'une contre l'autre sous un plaid. Soudain les années écoulées n'existaient plus, elles avaient à nouveau dix ans et leur écart d'âge ne subsistait plus non plus.

Épuisée par le voyage, le décalage horaire et toutes les émotions de ces derniers jours, Amaryllis se traîna jusque dans la minuscule chambre d'amis. Elle ouvrit sa valise, en extirpa son T-shirt Deadpool qui savait la soutenir dans les moments difficiles. Elle se déshabilla et se glissa sous la couette, non sans avoir pris le pull de Siegfried, celui-là même qu'il portait durant leur week-end dans le Blumentahl. Elle s'endormit, le nez enfoui dans le vêtement, dans l'illusion qu'il était là.

Était-ce le jour ? La nuit ? Qu'importait en réalité. Elle rêvait et son rêve était délicieux. Elle s'y accrocha de toutes ses forces, tentant de retenir les éthers alors qu'une voix, que sa voix à lui, lui enjoignait de se réveiller. Elle gémit, se retenant de céder à la séduction de son timbre vibrant, suffisamment éveillée pour savoir qu'une fois qu'elle ouvrirait les yeux, la pièce serait vide, froide et elle, ramenée à sa solitude.

— Lily, mon amour, mon cœur, réveille-toi !

— Tu n'es pas là, les rêves s'évanouissent au réveil, alors si j'ouvre les yeux, tu disparaîtras...

En frissonnant, elle sentit une main chaude remonter sous son T-shirt tandis que la voix de Siegfried murmurait à son oreille :

— Crois-tu que ce soit un rêve...

Contre sa propre volonté, ses paupières se soulevèrent, tandis qu'incrédule, elle se noyait dans le regard de Siegfried.

— Ce n'est pas possible, tu ne peux pas être là !

Il lui retourna un sourire. Elle se redressa, sans même se préoccuper des larmes qui roulaient sur ses joues, partagée entre tant d'émotions qu'elle se sentait vaciller.

Avec une tendresse infinie, il l'attira dans ses bras, la serrant contre lui dans une vague de bonheur qui le parcourut tout entier.

— Rien n'est plus important que toi, je te l'ai dit. Ce ne sont pas seulement des mots. C'est un fait. Je t'aime Lily, et si je dois aller au bout du monde te chercher, je le ferai.

Sanglotant, elle se cramponna à lui, se nichant dans la chaleur de son corps avec un soulagement qui allait de pair avec les sentiments, presque excessifs, qu'il lui inspirait.

Son visage niché dans son cou, respirant l'odeur sensuelle de ses cheveux emmêlés, il chuchota :

— Il y a un an, jamais je n'aurais imaginé qu'adhérer au Programme transformerait ma vie du tout au tout. Jamais je n'aurais pensé pouvoir éprouver autant d'amour pour qui que ce soit ! Si on m'avait dit que je planterais une remise honorifique, en présence du Président, pour courir après une fille, j'aurais éclaté de rire. Mais c'est ce que j'ai fait, et je suis prêt à le refaire mille fois s'il le faut, parce qu'il m'est impossible de vivre sans toi. Tu es mon tout, mon équilibre, mon indispensable. Il y a un an, j'ignore ce que j'attendais de ce mariage, sûrement pas en tout cas de tomber fou amoureux de toi dans la seconde où je t'ai vue, où nos regards se sont croisés. Si belle dans ta robe blanche qui te faisait paraître presque fragile. Comment pouvais-je résister ? Tu as tout emporté, mon cœur avec, je t'aime Lily…

Ils étaient restés à Toronto, pour quelques jours d'une douce parenthèse, sans obligation d'aucune sorte, ni rendez-vous ou entraînement. Rien qu'eux deux, ensemble, la main dans la main, à regarder côte à côte vers l'avenir.

Ils avaient toutefois dû rentrer. Lutsi était au bord de la crise de nerfs ou crise cardiaque, on ne savait trop. Bientôt les cours à l'université reprendraient pour Amaryllis tandis qu'un shooting photos pour de nouvelles publicités, attendait Siegfried. La vie devait reprendre son cours.

À peine avaient-ils posé un pied à Heinrichburg, qu'ils furent à nouveau aspirés par leurs obligations, du moins celles qui emmenaient Siegfried d'interviews, en émissions télé, en soirées mondaines ou cocktails.

Il essayait bien de freiner, mais son agenda se remplissait plus vite qu'il le souhaitait grâce à Lutsi. Ce dernier jugeait opportun de profiter de l'effet médaille olympique afin d'avancer vers la voie qu'il avait fixée pour son poulain.

Amaryllis avait tenté de discuter avec Siegfried, de lui expliquer que ce n'était pas de cette vie-là dont elle voulait, que d'ailleurs lui-même n'y trouvait aucun intérêt non plus ! Il l'avait rassurée, lui demandant d'être un peu patiente, que cela ne durerait qu'un temps. Alors elle s'évertuait à sourire, malgré sa tristesse, malgré sa jalousie, malgré le fait de voir l'homme qu'elle aimait, être sans cesse entouré d'hommes et de femmes influents, malgré ses sentiments qui lui dévastaient le cœur. Il avait beau lui affirmer qu'il détestait ces soirées où des hordes de femmes se jetaient littéralement sur lui, elle en concevait une rancœur qui allait alimentant son amertume.

Sans doute ne comprenait-il pas ou ne

prenait-il pas la mesure de ce qu'elle vivait, de ce qu'elle devait supporter. Ses cours avaient repris et si elle avait espéré avoir un répit de ce côté-là, ce fut peine perdue : son professeur référent fut le même que l'année précédente, comme un cauchemar se répétant à l'infini.

Elle s'accrocha, de toutes ses forces. Que pouvait-elle faire d'autre ?

Un soir, alors qu'une fois encore elle était seule avec Henry, Siegfried étant parti pour plusieurs jours d'un tournage publicitaire, Tahina débarqua tel un cyclone tropical. Elle sortit une bouteille de rhum qu'elle avait ramenée de son île natale, avait embrassé son amie, avant de leur préparer un Ti-punch chacune. Elles ne s'étaient pas vues depuis plusieurs mois et Amaryllis était ravie de sa visite. Elles partageaient toutes deux une amitié improbable et cependant bien réelle.

— Alors ma belle, raconte-moi, ta vie, tes amours, tout ça ! s'exclama la Réunionnaise en se calant dans les coussins du canapé.

— Bouarf, il n'y a rien à en dire... Que du réchauffé, marmonna Amaryllis en savourant une gorgée d'alcool au goût d'horizons lointains.

— Eh ben j'en connais un qui sera enchanté de l'apprendre, ne put s'empêcher de remarquer Tahina en éclatant de rire.

Amaryllis rougit, pâlit, avant de murmurer, à demi en larmes :

— Tu ne comprends pas, je l'aime, mais je hais cette vie que nous menons ! Je le veux lui, mais pas la vie qui va avec !

— Aïe, c'est en effet plus compliqué à résoudre qu'un rubic's cube ton problème, ma belle ! Lui en as-tu parlé ?

Amaryllis haussa une épaule, poursuivant en français.

— Oui, bien sûr, mais il me dit d'être patiente et patati patata, sauf que je meurs chaque jour un peu plus ! Cette vie n'est pas la mienne. Je doute même qu'elle soit ce à quoi il aspire lui aussi, mais cela fait si longtemps qu'il la subit que sans doute, ne voit-il pas d'alternatives…

— Tu sais, de vie nous n'en avons qu'une et une seule. Tu ne dois pas la gâcher. C'est à toi que tu dois penser, à personne d'autre.

Cette conversation l'obnubila, la poursuivant au plus profond des ténèbres dans lesquels il lui semblait disparaître. Sourire et déambuler dans d'onéreuses créations de Carolina, n'étaient pas son but. Pourtant, lorsqu'il glissait ses doigts entre les siens, lui renvoyant un sourire tendre et complice, elle en oubliait tous ses rêves pour ne plus voir que les siens.

Chapitre 25

Les semaines se nouèrent en un lent maelstrom d'insatisfactions et de bonheur cependant éblouissants. Écartelée, elle avançait au jour le jour. Fatiguée par le tumulte de ses émotions, fatiguée de ne vivre qu'au travers du moindre de ses sourires, fatiguée de sa propre addiction à cet amour dévorant.

Parfois elle songeait qu'elle avait eu raison de vouloir s'enfuir l'été précédent, d'être terrifiée par le Programme, même si les raisons de ses peurs n'étaient pas les bonnes ! L'horreur ne se situait pas dans un quelconque bug du Programme, mais bel et bien dans sa perfection...

Depuis plusieurs mois, elle était en contact avec quatre jeunes femmes qui avaient monté une ferme, dans une région préservée de Roumanie, afin de produire des teintures naturelles à base de plantes. Elles produisaient un artisanat de laines, tissus et vêtements, fabriqués de manières respectueuses de l'environnement, ainsi que de l'être humain. Elles étaient toutes quatre de nationalités différentes, apportant chacune un savoir-faire particulier. Le projet pouvait sembler une utopie, malgré cela elles avaient acheté cette fermette deux ans auparavant et déjà leurs premières productions voyaient le jour. Ce n'était encore que le balbutiement, néanmoins les résultats et les demandes de textiles dépassaient d'ores et déjà leurs estimations.

Amaryllis, par écran interposé,

s'enthousiasmait de leurs progrès, les aidant de son mieux grâce à ses compétences scientifiques.

Amaryllis était d'ailleurs en plein chat avec elles, lorsque Madame Müller se planta devant elle.

— Madame n'a pas bonne mine, tous ces écrans sont très mauvais pour la santé ! décréta la quinquagénaire d'un ton péremptoire.

Amaryllis se retint de répliquer. Elle attrapa son PC, et sans un mot ouvrit la porte du bureau de Siegfried où elle s'enferma à double tour, loin des réflexions et du regard acerbe de la gouvernante.

Elle échangea quelques minutes encore avec ses amies virtuelles, avant de refermer son portable. Ces dernières étaient non seulement outrées du culot de la gouvernante, mais aussi peinées que la jeune Bergseelandaise ne puisse même pas être libre de faire ce qu'elle voulait chez elle ! Cependant, elles devaient convenir qu'Amaryllis semblait fatiguée, là-dessus « la vieille charogne » comme elles la surnommaient, n'avait pas complètement tort.

— Tu devrais consulter un toubib, c'est p'être juste un manque de vitamines, en hiver ça peut arriver…, suggéra l'une d'entre elles avant de raccrocher.

La grosse tête d'Henry reposant sur ses jambes, elle bâilla, envahie par une torpeur et une fatigue telles, que le moindre mouvement était un effort de volonté. Oui, sans doute avait-elle un déficit quelconque.

Elle saisit son smartphone, ouvrit l'application « Votre santé en ligne », rentra quelques données, songeant qu'il était inutile de se déplacer pour un problème aussi mineur.

L'IA lui prescrirait des vitamines et ce serait parfait.

Une voix de synthèse lui répondit soudain, lui posant des questions à la fois précises et sans rapport avec son problème.

— De quand dataient ses dernières menstruations.

— Avait-elle une vie sexuelle active ?

— Combien de partenaires, par mois, semaine ?

— Avait-elle déjà eu des MST ?

La liste des questions improbables s'étirait, énervant Amaryllis qui se demandait si en fin de compte, cela avait été une bonne idée de solliciter cette appli' !

Enfin, le résultat s'afficha sur son écran, fiable à 88 %. Elle manqua suffoquer, blêmit. Un message clignota, lui indiquant qu'un livreur passerait lui remettre un set d'analyses complémentaires.

Effarée, la jeune femme resta là, dans le canapé, sans respirer. La tête lui tournait, à deux doigts de s'évanouir. Elle ne bougea pas jusqu'à ce que le coursier arrive. Ensuite incrédule, elle dut prendre sur elle afin de suivre les indications de la notice, se demandant si c'était bien à elle que cela arrivait... C'était surréaliste.

Quelques minutes plus tard, les résultats s'affichèrent, sans appel possible, confirmant le diagnostic, cette fois sûr à 100 %.

Chapitre 26

Noël était là, apportant comme chaque année non seulement la neige, mais la chaleur des traditions familiales. Cette fête était très importante pour les Bergseelandais, l'occasion de prendre un moment en famille, autour d'un repas confectionné avec beaucoup d'attention.

C'était pourquoi, Nathalie Sutter, la mère d'Amaryllis, avait convié tous ses enfants ainsi que leurs conjoints, autour d'une table qui occupait entièrement leur salon. Kurt, le père de Siegfried avait été convié ainsi que Lutsi, qui n'étant pas du Bergseeland, n'avait pas de famille où passer ce réveillon.

Amaryllis avait grommelé qu'il était inutile de l'inviter, mais sa mère l'avait coupée d'un ton sec.

— Tu peux cesser de râler sans arrêt ? Prends un peu sur toi !

Ainsi rabrouée, elle avait eu l'impression d'avoir à nouveau cinq ans. Comme avant, elle préféra ne rien dire. Elle baissa la tête, tandis qu'une colère sourde battait à ses tempes.

Le jour du réveillon fut là, tout le pays était illuminé de guirlandes et embaumait le parfum de biscuits à la cannelle.

Amaryllis avait choisi une robe noire, en velours doux, à la fois ample et fluide, une création de Carolina bien sûr. Elle la portait avec élégance, malgré une fatigue de plus en plus présente et des cernes bleuâtres qui marquaient son visage. Plusieurs couches de maquillage avaient été nécessaires afin de les dissimuler.

Un pâle sourire aux lèvres, elle espérait faire illusion.

Trop pris, Siegfried n'avait rien remarqué. Il semblait simplement heureux de ne pas être, pour une fois, sur la sellette, centre de tous les regards, et de se trouver seulement en compagnie de personnes qu'il aimait et appréciait. De temps en temps, il glissait un mot à l'oreille d'Amaryllis, lui servait de l'eau au lieu d'alcool et ne pouvait empêcher ses doigts de remonter sous le velours de sa robe et d'effleurer le galbe délicat de sa cuisse. La jeune femme ne disait rien, se contentant de lui renvoyer un sourire tendre, si débordant de promesses, qu'il pensait s'y noyer.

Au dessert, il était de coutume d'énoncer des souhaits pour les mois à venir. Chacun, un verre de slivovitz à la main, se levait et lançait un vœu voire une promesse qu'il faisait devant tous.

C'était ce moment précis qu'Amaryllis avait attendu afin de faire part de son état de santé. Elle se levait déjà, lorsque Lutsi la devança. Agacée, elle s'exclama :

— Tu permets que je dise ce que j'ai à dire ?

— Ami', tu nous diras ton souhait après, qu'est-ce que ça peut faire ? la réprimanda sa mère.

Mortifiée, la jeune femme se laissa retomber sur sa chaise. Il n'en aurait pas fallu beaucoup afin qu'elle refasse un remake encore plus sanglant du massacre d'Amityville, en commençant par Lutsi ! Ressentant sa colère, Siegfried posa sa main sur la sienne, lui faisant monter les larmes aux yeux. Ces dernières semaines, elle surfait un peu trop entre épuisement et émotivité.

Tenant le fragile verre en cristal entre ses

grosses mains d'ours, Lutsi le leva en sa direction, s'exclamant de sa voix à l'accent étrange où chaque mot résonnait comme un ordre :

— Plus d'un an de mariage, à mon sens un bébé s'impose pour cette année ! Au boulot les p'tits !

Toute la tablée applaudit avec des cris de joie, sauf Siegfried dont le visage afficha un embarras incrédule. Amaryllis devint livide. Elle repoussa sa chaise, et sans même dire un mot elle sortit en claquant la porte, laissant tout le monde médusé. Elle prit son manteau, pianotant sur son smartphone, appelant un taxi en à peine trois clics. Siegfried la rattrapa alors qu'elle descendait le perron de la porte d'entrée.

— Lily ! Attends !

Elle lui retourna un regard empreint d'une telle colère et d'une telle douleur, qu'il eut peur.

— Tu fais ce que tu veux, mais je refuse que ce type me dicte une seconde de plus ma vie !

— Ne le prends pas comme ça…

— Comment veux-tu que je le prenne ?

Des larmes roulant sur son visage blême, elle murmura :

— J'avais quelque chose à dire d'important, mais tant pis…

— Alors dis le moi ! Maintenant !

Elle haussa une épaule, tandis qu'une voiture jaune s'arrêtait à leur hauteur :

— Non.

Elle s'arracha à ses bras qui voulaient la retenir et s'engouffra dans le taxi. Une fois assise sur la banquette arrière, elle refusa de jeter le moindre coup d'œil en arrière. Sans doute aurait-il été trop douloureux pour elle de voir Siegfried, debout sur le trottoir qui se recouvrait à nouveau de neige, la regarder s'évanouir dans la nuit.

Lorsqu'il rentra chez lui, refermant la porte du duplex derrière lui, il poussa un soupir soulagé. Il enleva ses chaussures, posa sa veste, avant de se précipiter à l'étage. Henry n'était pas venu en frétillant pour l'accueillir, sans doute devait-il ronfler sur le lit en compagnie d'Amaryllis.

La chambre était plongée dans l'obscurité, et seul un rayon de lune se reflétant sur la neige recouvrant la terrasse, apportait une lumière froide. Il s'avança vers le lit, le cœur battant, tâtonna à la recherche d'un interrupteur. L'éclairage de la lampe de chevet ne put qu'apporter la confirmation que la chambre était vide. Le lit était impeccablement fait, tiré comme pour une revue militaire.

Un froid, plus glacé que le vent venu de Sibérie qui soufflait au-dehors, balaya toute la chaleur de son corps, le laissant à la fois transi et terrifié. Comme un fou, il dégringola l'escalier métallique, se précipitant dans son bureau, le cœur animé d'un espoir insensé. Il pousserait la porte, et elle serait là, étendue dans le vieux canapé, un plaid tiré sur ses jambes, Henry ronflant contre elle. Dans la cheminée, quelques brandons jetteraient des lueurs rassurantes. Il n'aurait alors qu'à la prendre dans ses bras et ensemble, ils pourraient oublier Lutsi et ses idées sous forme d'injonction. Il l'embrasserait, lui dirait qu'il l'aimait et que rien d'autre n'avait d'importance…

Pourtant, lorsqu'il ouvrit la porte, la pièce était à la fois vide et froide. Nul feu ne venait réchauffer l'âtre, nulle jeune femme ne dormait, ses cheveux épars sur le cuir râpé du sofa. Pas de bulldog grognon, non plus, pour lui sauter dessus et lui faire la fête. L'appartement semblait désert et triste.

Le cœur cognant fébrilement, il consulta ses messages, mais rien ne venant d'Amaryllis. C'est à ce moment-là que son regard accrocha une feuille, posée en évidence sur le bureau. Il s'en saisit, les doigts tremblants.

Siegfried, mon amour,

Je ne peux pas continuer comme ça, dans une vie où n'importe qui se croit en droit de me dicter chacun de mes actes, le moindre de mes mots.

C'est trop…

Je t'aime, plus que tu ne pourras jamais l'imaginer, mais cette vie que tu mènes n'est pas la mienne. J'ai essayé, mais c'est impossible.

Avant que j'en vienne à te détester de m'obliger à être celle que je ne suis pas, je préfère partir. Je veux pouvoir continuer à t'aimer.

Lutsi te trouvera dans la minute quelqu'un pour te consoler, ne t'en fais pas ! De mon côté je vais me bâtir une vie qui me ressemble, en emportant notre amour.

Amaryllis

PS : Ne cherche pas Henry, il est avec moi. Il sera plus heureux là où je vais. Je te promets d'en prendre soin.

L'écriture était hachée, les mots jetés sur le papier dans un tel cri de désespoir, qu'il lui semblait entendre la voix de la jeune femme, suffocante de larmes et pourtant résolue.

Il s'écroula dans le canapé, ses mains tremblantes laissant échapper la feuille qui tomba sur le tapis. Sonné, il resta là, hébété, engourdi par un froid glacial qui le faisait chanceler.

Qu'avait-il fait…

Chapitre 27

Les fleurs printanières dévalaient les pentes vallonnées de cette région des Carpates, apportant avec elles un parfum doux, annonciateur de temps de renouveau. Un lapin curieux et gourmand s'aventura en lisière d'un champ, son nez frémissant dans les odeurs aguichantes. Il détala toutefois lorsqu'un chien court sur pattes, mais pas moins vif, déboula à la suite d'un humain.

— Henry, vient ici ! regarde donc les pieds de garance, ils sont superbes !

Le chien renifla la plante, éternua, mais n'y vit rien qui justifia les cris de son humaine favorite. Tandis qu'elle continuait son inspection des plants de garance et des rangs de réséda, il releva la tête, captant soudain un effluve familier. Il se redressa, fronçant les plis de sa face prognathe, sa truffe analysant chaque atome porté par l'air frais. Sans même plus réfléchir, il s'élança vers la lisière du champ, avec une vivacité qui en aurait stupéfié plus d'un. Sans même ralentir, il sauta sur quelqu'un qui se tenait là, observant de loin la jeune femme.

Un sourire éclaira le visage de l'homme, se répercutant dans son regard d'un bleu semblable à ce ciel de printemps. Il se baissa, caressant le chien, sans doute aussi heureux l'un que l'autre de se revoir. Le bulldog sautait en grognant, se trémoussant de tous ses plis.

Là-bas, plantée entre garance et réséda, la jeune femme se tenait droite, les fixant d'un regard indéchiffrable. Un vent infime, descendant des sommets encore enneigés, s'égarait dans ses longues mèches châtains. L'homme se redressa enfin. Il accrocha son regard, et le chien tournicotant avec excitation autour de lui, il s'avança vers la jeune femme qui n'avait pas bougé. Elle portait une longue robe d'un bleu indigo, ainsi qu'une sorte de châle qui protégeait ses minces épaules de la fraîcheur versatile de la saison. Elle lui parut encore plus belle que dans ses souvenirs. Sans un mot, il l'attira contre lui. Elle se lova dans ses bras et seulement à cet instant il lui sembla pouvoir respirer à nouveau. Il glissa les mains dans ses cheveux, ses lèvres sur les siennes dans un baiser auquel il rêvait depuis des mois.

Puis son visage enfoui dans son épaule, elle grommela :

— T'en as mis du temps dis-donc pour nous retrouver !

Il resserra son étreinte, éclata de rire, releva son visage, l'embrassant à nouveau, avant de murmurer :

— Je ne voulais pas venir tant que je n'avais rien à te proposer. En dix minutes je savais où tu étais, ce n'était pas très dur.

Il éclata de rire, à nouveau, en voyant une moue déçue chiffonner le visage de sa jeune femme.

— Ce qui était compliqué, c'était de remettre ma vie à plat. Depuis que j'ai 15 ans, je suis englouti dans un tourbillon où je n'ai pas mon mot à dire. Ton départ m'a obligé à ouvrir les yeux, à réfléchir à ce que je voulais réellement, à me poser des questions que j'éludais depuis longtemps.

Repoussant une mèche du visage

d'Amaryllis, il plongea son regard dans le sien :

— Je te l'ai déjà dit, rien n'est plus important que toi.

Il pouvait percevoir son émotion dans le battement fou de son pouls, le tremblement imperceptible de son corps. Elle ne dit cependant rien, le laissant poursuivre :

— Alors j'en ai discuté avec mon père. Il était le seul qui pouvait comprendre.

Il la sentait se tendre, à la fois inquiète, sans doute, et malgré tout pleine d'espoir.

— J'ai donc décidé de me passer des services d'un coach. Je ne vais pas arrêter ma carrière, mais ralentir un peu le rythme. Pour ça je n'ai pas besoin d'un entraîneur qui vienne s'occuper de chaque détail de ma vie. J'ai donc proposé à Nathan et Tahina de partager le duplex. La salle de sport sera réaménagée en chambres, et nous pourrons avoir un pied à terre lorsque nous viendrons à Heinrichburg.

— Je ne comprends pas, balbutia la jeune femme. Où allons-nous vivre ?

Il lui renvoya un demi-sourire, sortit son smartphone, et lui montra une photo.

— Eh bien ici !

Elle saisit le téléphone, ne pouvant détacher ses yeux de l'appareil.

— Tu rigoles hein !

Fouillant à nouveau les poches de son jean, il en sortit un trousseau de clefs. Il lui tendit dans un geste un peu solennel.

— Non je ne ris pas. Ceci ouvre la porte d'un chalet construit sur les alpages, dans le Blumentahl. C'est une vieille demeure en fustes, qui a été érigée-là il y a des siècles. Quand on se tient sur le grand balcon, on peut voir jusqu'à la mer. Elle est entourée de fleurs et d'herbe, et si tu veux on pourra même prendre une vache !

Elle éclata en sanglot, tandis que la serrant contre lui, il ajoutait :

— Et Madame Müller est partie vers une retraite très méritée… À partir de maintenant il n'y aura que toi et moi, personne d'autre, d'accord ?

Entre ses larmes, elle se mit à rire, saisit l'une de ses mains qu'elle posa sur son ventre distendu, en chuchotant :

— Oh non, pas que toi et moi !

Choqué, il resta figé de longues secondes, tandis qu'une vie pleine d'énergie, s'agitait sous ses doigts. S'il avait envisagé de nombreux *scenarii* pour ces retrouvailles avec Amaryllis, celui-ci dépassait de loin ses capacités d'imagination ! Émerveillé, il eut dû mal à reprendre ses esprits.

— C'est ce que tu voulais nous annoncer à Noël, c'est ça ?

Elle hocha la tête, tandis que le bébé s'agitait sous les doigts de son père.

Planqué sous une touffe de réséda, le lapin les regardait sans comprendre. Mais que lui importaient les affaires des humains ? En deux bonds, il partit à la recherche de pissenlits croquants et juteux, le reste n'était que futilité.

1 an plus tard

— Rolf, tiens-toi tranquille ! s'écria une jeune femme en attrapant un bébé qui s'enfuyait à quatre pattes, à une vitesse peu commune. Elle l'agrippa à bras-le-corps alors qu'il s'élançait au travers d'une herbe printanière, touffue et parsemée de fleurs. Le bébé se tortilla en riant, secouant ses bras potelés et ses boucles blondes. Serrant son paquet gigotant contre elle, la jeune femme se dirigea vers une allée sur laquelle était garé un solide pick-up orange. À côté, une imposante Audi 4X4, toutes portes ouvertes, attendait de recevoir ses passagers.

Un homme à la carrure athlétique et à la semblable blondeur que l'enfant, rangeait des bagages dans le coffre. Il lança un sourire à la jeune femme, referma le coffre, et s'avançant vers elle, il saisit le bébé qui gazouilla, ravi.

— Un vrai marathonien, commenta-t-il avec une fierté non dissimulée.

— Eh ben ça promet, grommela sa femme, son regard tendre niant pourtant le ton de sa voix.

Son compagnon se pencha vers elle, et sans se préoccuper des trémoussements de son fils qui cherchait à échapper à sa poigne pour repartir en exploration dans le jardin, il chercha sa bouche, tandis qu'elle l'enlaçait.

— Crois-tu que ce soit comme ça qu'on va charger la voiture, bougonna-t-elle en lui souriant.

— Les bagages sont rangés, reste qu'à installer Rolf, trouver Henry et fermer la maison.

— Tout est fait ? Tu es sûr ?

— Oui m'dame, fit Siegfried tout en installant le bébé sur le siège auto de la voiture.

Amaryllis fronça les sourcils.

— Tu as pris le sac à langer de Rolf ?

— Oui.

— Les croquettes d'Henry ? Et le sac où j'ai mis tes barres protéinées et tout ton matos ? Non mais, rigole pas ! Si on va au Texas pour cet Ironman, c'est pour que tu battes ton propre record, non ? Donc on a intérêt à n'avoir laissé aucun détail de côté !

Cliquant les ceintures attachant le bébé, Siegfried se tourna vers sa jeune femme qui fronçait soucieusement les sourcils.

— Ça va aller ma Lily, ne t'en fais pas !

Elle ne répondit rien, souleva le bulldog qui arrivait en se dandinant. Elle le posa sur la banquette à côté du bébé, qui aussitôt, poussa des cris de joie. Agrippant un doudou, il le tendit au chien qui s'en empara pour son plus grand bonheur.

Elle claqua la portière, puis maugréa :

— Oui ben on aura l'air malin si on a oublié un truc...

— On se débrouillera !

— Tu dis ça ! Et pour Rolf et Henry hein ?

Il l'enlaça, retenant un rire.

— Nathan est parfois un crétin, mais il est tout à fait capable d'aller acheter des croquettes pour le chien ! Quant à Rolf, tes parents se font une joie de le garder et s'il manque le moindre truc ils s'en débrouilleront, ne t'en fais pas.

Elle poussa un bref soupir, s'appuyant contre son épaule, murmurant dans un filet de voix :

— C'est la première fois qu'on va laisser Rolf aussi longtemps...

Resserrant son étreinte, il lui répondit d'un ton rassurant :

— Je sais, mais tout va bien aller. Il adore tes parents, il s'éclate à voir les engins sur les chantiers de ton père, il ne va même pas voir le temps passer. Et puis on ne part que dix jours, hein…

Elle hocha la tête, sachant qu'il avait raison, toutefois la logique n'avait rien à voir avec ce qu'elle éprouvait. D'un côté elle était heureuse d'accompagner Siegfried à Galveston, ils allaient se retrouver tous les deux et partager, ensemble, cette aventure ; bien que d'un autre, son cœur saigna de laisser son fils.

— Mouais, promets-moi, au moins que tu vas non seulement gagner cette course, mais améliorer ton temps !

Il la regarda en riant :

— C'est prévu, t'inquiète ! Ou plutôt l'inverse n'est même pas une option ! Allez, file fermer la maison et on y va.

Elle s'élança vers un grand chalet bâti à flanc d'alpages à l'herbe dense, tandis que Siegfried s'exclamait d'un ton narquois :

— Vérifie bien si le gaz est éteint et si les fenêtres sont fermées !

Elle se retourna, lui renvoya une grimace, avant de disparaître dans la vénérable demeure en bois.

Pendant ce temps, Siegfried avait mis l'Audi en marche, tandis qu'à l'arrière Rolf et Henry tiraient chacun sur une patte du nounours. Cela semblait les amuser autant l'un que l'autre. Le bébé s'étouffait presque de rire, quant au chien, il grognait avec une fausse fureur, son regard brun étincelant de joie.

Quelques minutes plus tard, Amaryllis

s'installa sur le siège passager, rangea les clefs dans la boîte à gants, et attachant sa ceinture elle retourna un coup d'œil à son mari :

— Eh bien quoi, je suis prête !

— Écoute la radio…

Il monta le son, tandis que les informations nationales débitaient leurs nouvelles journalières.

« L'un des professeurs de biologie de la célèbre Université St Charles, après avoir été arrêté pour de graves faits de harcèlements sur ses élèves, attendra son procès en incarcération, et non en semi-liberté comme son avocat le réclamait. Les faits lui étant reprochés, étaient semble-t-il trop graves. Passons à présent à la météo… »

Siegfried lança un regard soudain plein d'inquiétude à sa jeune compagne.

— Ce n'est pas de ton ancien prof dont ils parlent… ?

Amaryllis se pencha, coupa la radio, posa une main sur son bras, tout en répondant d'un ton tranquille :

— Mais non, ne t'en fais pas ! Allez, roule, on a un avion à prendre Mister Frost.

— Tu me dirais s'il y avait un problème, n'est-ce pas ?

— Mais oui !

— Tu sais, il y a maintenant deux ans, quand Lutsi a commencé à me parler du Programme, jamais je n'aurais pensé une seconde qu'il changerait toute ma vie.

Elle resserra ses doigts sur son bras, hochant la tête :

— Je sais ce que tu veux dire… Je voyais ça comme une prison, et pourtant il a réalisé tous mes rêves et plus encore.

Elle ajouta, lui renvoyant un sourire tendre :

— Parce que pour des gens qui ni ne croyaient, ni ne voulaient le grand amour, on a raté notre coup !

— C'est vrai ! Le Programme a dû faire du zèle ! En tout cas, on ne pourra plus douter de son efficacité !

Sur la banquette arrière, le nounours venait d'éclater, libérant tout son rembourrage, faisant redoubler les rires du bébé et le chahut du bulldog. Les adultes jetèrent un bref regard, poussèrent un soupir et ignorèrent le désastre d'un commun accord.

La voiture recula dans l'allée avant de s'élancer sur une mince route qui serpentait à flanc de la montagne.

— Tu crois qu'on conseillera à Rolf de s'inscrire au Programme ?

Il lui décocha un bref coup d'œil, son regard bleu plein de tendres certitudes.

— On lui expliquera, et s'il n'est pas convaincu on l'obligera !

Leurs regards se nouèrent une fraction de seconde, tandis qu'ils éclataient d'un même rire complice. Ils roulèrent quelques minutes, puis Siegfried fit d'un ton empreint de curiosité :

— Tu pourrais me le dire maintenant, ce qui t'a fait tellement rigoler ce jour-là…

— Hum, quel jour ?

— Le jour de notre mariage ! Fais pas celle qui ne comprend pas !

Elle se pencha vers lui, l'embrassa au coin de la bouche, tout en chuchotant :

— Sois un peu patient, tu le sauras dans 43 ans, pour nos noces de vermeil.

Puis elle éclata du même rire que celui du bébé, tandis que Siegfried rétorquait avec un sourire charmeur, dont il avait le secret :

— Ne t'en fais pas, je trouverai un moyen de te le faire avouer bien avant…

Elle le regarda, refoula un gloussement, préféra appuyer sa tête contre son épaule, songeant qu'avoir épousé Monsieur Culotte, était après tout, le plus beau cadeau dont elle aurait pu rêver.

Épilogue

Le bâtiment abritant l'Institut des Unions Nationales, était une vaste structure alliant modernité et attaches avec un passé chargé d'histoire. La façade en verre miroitait au soleil, tandis que l'imposante entrée, soutenue par des colonnes de style ionique en marbre blanc, faisait face à un perron monumental bordé de pelouse et de rosiers en fleurs.

Un homme, portant avec élégance un sobre costume gris, traversa l'avenue, grimpa les marches avec vivacité, balançant un mince sac en cuir qu'il tenait à bout de bras. Les portes coulissantes s'ouvrirent devant lui, tandis que le gardien, un policier des forces spéciales, lui lançait un « bonjour Monsieur le directeur » accompagné d'un sobre salut.

Le directeur lui retourna son bonjour, tandis que traversant l'impressionnant hall il se dirigeait vers les escaliers menant aux étages et aux bureaux proprement dits. Il fut cependant surpris par des cris d'enfants provenant du corridor menant au musée des Unions.

Comme tous les jeudis, une école venait visiter ce temple de l'informatique mis au service de l'humain et surtout, des sentiments. Comme toujours, voir de nouvelles générations s'écrier devant les salles des premiers ordinateurs, lui faisait chaud au cœur. Allons, tout ce qu'il faisait n'était pas pour rien, mais bel et bien pour l'avenir de ces enfants. Rasséréné, il prit les escaliers, comme chaque matin, et poussa la porte de son bureau. Par sa fonction, il bénéficiait d'un grand bureau ensoleillé dont la vue, grandiose, donnait d'un côté sur le Parlement et plus loin sur la Mer Noire.

Il ouvrit son sac, en sortit un fin ordinateur portable, qu'il posa sur la table en chêne rouge. Il s'installa sur le fauteuil en cuir, confortable et ergonomique, et mettant en marche le PC, il se plongea dans le listing des nouvelles demandes de participation au Programme. Comme chaque matin, dans une routine immuable, Rose, sa secrétaire, toqua à la porte, lui apportant son café qu'elle posa sur le bureau.

— Bonjour Monsieur, vous allez bien.

— Bonjour Rose, merci pour le café.

— Je vous en prie. Oh n'oubliez pas qu'à 11 heures vous avez l'inauguration au musée de cire, de notre dernier couple célèbre. Il y aura beaucoup de journalistes ainsi que plusieurs télés, dont des télévisions étrangères.

— Vous faites bien de me le rappeler ! Frost et sa femme seront-ils là ?

— Oui tout à fait ! Elle a même fait don de sa propre robe de mariée pour le musée ! Ce couple est tellement adorable…

Il hocha la tête. Il ne pouvait qu'être d'accord. Le triple champion olympique était l'un des meilleurs ambassadeurs du Programme. Entre sa célébrité, son charme et le couple fusionnel qu'il formait avec sa jeune femme, il ne pouvait qu'apporter un rêve concret, à tous ceux qui hésitaient encore à passer le cap.

La secrétaire refermant la porte derrière elle, il touilla son café, le savoura à petites gorgées tout en vérifiant la liste des nouveaux inscrits. Enfin il reposa la tasse vide, se leva, attrapa le portable et se dirigea vers une lourde porte capitonnée. Là, il tapa un code, pressant ses doigts d'une manière particulière afin que l'identification palmaire puisse fonctionner. La porte s'ouvrit dans un chuintement, se refermant aussitôt derrière lui. La pièce dans laquelle il se trouvait, n'avait rien de très notable, entre ses murs blancs, son absence de fenêtre et sa lumière crue, provenant d'un unique néon. Pourtant, c'était là le saint des saints du Programme, son cœur, et par là même, le secret le mieux gardé de tout le Bergseeland. Le directeur en avait parfaitement conscience, c'était d'ailleurs pourquoi le professeur Engel l'avait choisi pour le remplacer à ce poste.

Il posa son ordinateur sur une simple table, le brancha à plusieurs machines situées à moins d'un mètre. Il avait conscience d'être l'un des rouages essentiels dans la stabilité démographique du pays, c'est pourquoi sa mission lui semblait quasi sacrée, malgré la répétitivité presque ennuyeuse de celle-ci.

Ce matin, il s'occupait essentiellement des personnes hétérosexuelles. Les candidats étaient donc divisés en deux groupes d'égales valeurs et de même sexe. Chacun s'était vu attribuer un numéro par l'ordinateur. L'homme jeta un coup d'œil au listing, vérifiant que tout était en ordre. Oui deux groupes de vingt hommes et femmes séparés, comme il procédait à chaque fois. Alors il lança le processus, songeant au génie du professeur Engel.

Tout en regardant les machines démarrer de concert, il retint un rire.

— Si les gens savaient… S'ils savaient qu'au départ, dans les années soixante, deux programmes avaient coexisté : celui du professeur Engel et celui d'un brillant informaticien. Ce dernier était persuadé de pouvoir déterminer les goûts et les tendances d'une personne grâce au stockage puis aux recoupements de données. C'était long, frustrant, très onéreux pour des résultats peu encourageants. Du côté du professeur Engel, qui avait misé sur une approche basée sur une communication positive, les résultats parlaient d'eux-mêmes ! Le professeur ne connaissait rien à cette nouvelle discipline qu'était l'informatique, mais il n'en avait pas besoin. Il était un éminent psychologue, et rien des arcanes de la psyché humaine ne lui était inconnu. Il avait donc conçu ce système à la fois simple et efficace, mettant à profit les travaux de divers scientifiques sur l'effet placebo.

— Si les gens savaient…, murmura à nouveau le directeur en regardant les boules tourner.

Une boule émergea de la première sphère, suivie par une autre recrachée dans un doux ronron, par l'autre machine qui brassait ses boules numérotées. L'ordinateur réarrangea aussitôt le listing, accolant les noms correspondant aux numéros.

— Notre premier heureux couple, se félicita le directeur, tout en suivant le tirage suivant.

Par crainte des hackers, ce système un peu empirique, mais cependant sympathique auquel il trouvait même un côté poétique, avait été maintenu. Qui pourrait pirater une machine de loterie ? Ces modèles étaient anciens, ils avaient même servi jadis dans des clubs de bingo ! À présent, ils délivraient jour après jour, un espoir pour des couples en attente d'un rêve, d'un miracle.

Il se mit à siffloter, satisfait de son travail,

persuadé qu'en un sens la part de hasard inhérente à la vie était respectée : alors non, pour lui ce n'était pas un mensonge, c'était un conte de fée…

Petit pays de 3,8 millions d'habitants, coincé entre les Carpates et la Mer Noire, issu d'un peuplement germanique de Saxons venus du Rhin dès le XIIIe siècle à la recherche de terres fertiles.

Le nom de ce pays (Bergseeland littéralement le pays de la mer et de la montagne) vient directement de ces premiers colons.

C'est un pays alliant modernité et traditions, dont les habitants disent eux-mêmes que ce n'est pas un petit pays, mais un grand village.

Bergseeland : Le pays de la mer et de la montagne.

Devise nationale
« Tenir, toujours tenir » Heinrich IV

Langue : Issue du vieil allemand. Par chance pour le visiteur, la plupart des Bergseelandais parlent et maîtrisent parfaitement différentes langues, l'anglais en tête.

Capitale : Heinrichburg, nommée ainsi en l'honneur de Heinrich IV, après sa victoire contre les Ottomans.

Ville côtière de 480 mille habitants, située dans une baie donnant sur la Mer Noire, d'où son surnom de Nice de l'Est. Célèbre pour sa très belle promenade réalisée à la fin du 19e siècle et plantée de manguiers ramenés des Indes.

Construite à cheval sur la rivière Wildtief (littéralement : les eaux vives et profondes) connue pour la pureté turquoise de ses eaux et de la présence d'esturgeons noirs (Le Bergseeland est aussi renommé pour son caviar très haut de gamme) La ville est un endroit où il fait bon vivre, avec son architecture médiévale préservée, ses ruelles pavées, ses ponts qui enjambent élégamment la Wildtief, ainsi que ses parcs qui en font une ville très verte.

Que voir ?

Heinrichburg :
La capitale mérite à elle seule deux bons jours de visite.

Se promener le long des ruelles médiévales est une obligation pour le visiteur ! Tout comme prendre une photo au soleil couchant de la célèbre promenade des Manguiers.

Musées :
L'Institut des Unions Nationale est à coup sûr à visiter ! Il abrite non seulement un important musée de cire dédié aux couples célèbres formés par le Programme, mais aussi le musée relatif à ce fameux Programme (contesté dans le monde).

Il avait été mis en place dans les années

soixante par le professeur Engel, afin de lutter contre une dénatalité liée, d'après des études gouvernementales, à un accroissement des divorces. Ce Programme, basé sur des études complexes et une banque de données portant sur chaque instant de la vie d'un Bergseelandais, fait se poser des questions quant à la légalité de tels procédés. Le Programme a pour but de former les couples les plus compatibles. Il est à noter que le taux de réussite est assez exceptionnel. Afin d'inciter les gens à s'inscrire au Programme, de nombreux avantages leur sont concédés (vacances annuelles gratuites, places dans les meilleures universités, promotions, meilleurs emplois, logements, etc.).

La région du Blaustiepfel :

Région préservée, située dans les contreforts des Carpates, célèbre pour sa nature protégée et les façades des maisons, peintes de fleurs poétiques et naïves. Cette tradition remonte au XVIe siècle, à l'époque de Heinrich IV Der Zähe (le Tenace) qui du haut de sa forteresse, tint solidement la Porte de l'Ouest devant les armées ottomanes. C'est l'un des héros nationaux du Bergseeland. Il proclama que pour chacun de ses soldats morts, il planterait une fleur. Il tint parole et depuis lors la vallée porte le nom de Blumentahl (la vallée des fleurs).

En souvenirs de ces hommes qui donnèrent leur vie pour protéger le Bergseeland, les villageois commencèrent à peindre des fleurs sur les façades de leurs maisons. La tradition se perpétue encore de nos jours. Pour la même raison, les filles portent depuis lors des prénoms de fleurs, afin d'honorer la mémoire des morts. De nos jours les prénoms sont toujours floraux, bien que plus originaux que Rose ou Anémone.

Schlossblumheim :
Ville principale de la région, c'est une cité médiévale surplombée par la Citadelle de Heinrich IV. La ville a su conserver toute son âme. Il est incroyable de marcher au gré des ruelles tortueuses (bonnes chaussures à prévoir !).

Pic du Blaustiepfel :
Le Blaustiepfel (Pic bleu) est le plus grand sommet du Bergseeland. Il culmine à 2 448 mètres, faisant de lui l'un des sommets les plus hauts du massif des Carpates. Il est nommé le Pic Bleu puisque au printemps ses pentes se couvrent de gentianes. Les adeptes de randonnées pédestres seront émerveillés par les chemins sillonnant les alpages et l'accueil dans les gîtes de montagnes.

Que faire ?

Les sportifs :
➜ randonnées pédestres dans la région du Blaustiepfel ;
➜ descente de la Wildtief en rafting ou canoë ;
➜ parcourir le pays au gré des pistes cyclables (vélos en location un peu partout).
Les gourmands :
➜ ne surtout pas oublier de goûter le gâteau national : le mangostrudel ;
➜ se régaler des bières locales (chaque village brasse la sienne !) ;
➜ la truite de rivière en croûte ainsi que des limonades maison ;
➜ ne pas hésiter à pousser la porte des pubs ou des auberges qui animent le centre de

chaque village. Plats et bières vous enchanteront !

Les transports :

Les transports publics (trains, métro, bus et tramway) sont gratuits pour les Bergseelandais (sur simple présentation de leur carte d'identité biométrique) mais payants pour les étrangers, faites donc très attention, car on ne rigole pas avec la loi !

Sinon les transports sont excellents, sûrs, très propres, toujours à l'heure.

Quelles formalités ?

Visiter ce petit pays, enclave saxonne en territoire slave, se mérite !

Il vous faudra faire une demande de visa, et savoir être patient, puisque seuls un certain nombre de visas sont accordés chaque année. Le nombre est gardé secret et fluctue d'une année à l'autre.

À savoir :

Le Bergseeland est un pays très structuré où la loi est respectée à la lettre.

⚠ Il est défendu de faire du vélo hors des pistes cyclables et formellement interdit sur route !

⚠ Les parfums corporels sont interdits en public.

⚠ Le respect de la nature est omniprésent, donc attention à ne rien jeter au sol (ni mégot ni même un chewingum).

⚠ La chasse est totalement interdite (l'évoquer peut mettre vos interlocuteurs mal à l'aise).

À retenir :

→ Le Bergseeland est un pays stable, basé sur une structure étatique forte : critiquer la politique du pays est très mal vu par les habitants !

→ La politesse exige qu'en entrant dans une maison on ôte ses chaussures. Votre hôte ou hôtesse vous passera alors des chaussons typiques, brodés de fleurs.

→ Vous ne trouverez aucun hypermarché, seuls les magasins de proximité ou les marchés locaux sont admis.

→ Pas de produits bio, puisque tout l'est *de facto* : les pesticides ayant été interdits depuis toujours. L'agriculture est un mélange de traditions et de modernité.

→ Vous serez surpris par la faune et la flore locale, qu'elle soit sauvage ou pas. Un selfie avec l'une des adorables vaches laineuses, typique des montagnes, sera le must de votre voyage !

À prévoir :

Des tenues confortables pour arpenter les cités médiévales et les villages typiques de ce pays, ainsi que des vêtements de sport afin de profiter pleinement de la nature.

Bon séjour au Bergseeland !

Remerciements

Tout d'abord avant de remercier tous ceux qui ont permis l'écriture et la publication de ce roman, je voulais dire deux mots du pourquoi de ce sujet.

En effet, nous déléguons beaucoup de décisions à nos institutions, pensant qu'elles savent mieux que nous ce qui est bon pour le bien commun, nous infantilisant presque. J'ai donc voulu explorer cette logique. Pour cela j'ai choisi d'aborder un sujet sensible, sur lequel nous avons, encore, notre libre arbitre : celui du couple. Et si l'État déléguait à une IA le pouvoir de désigner notre compagnon de vie, sous couvert d'efficacité ? Ce roman expose cette question, il n'y répond pas. La réponse c'est à vous de la trouver, pas à moi.

Maintenant que ceci est dit, je voudrais remercier mon chéri qui m'a supporté à Bucarest durant 3 semaines, dans une frénésie de mots et de phrases. Remercier Jeanne, mon alter ego en folie, toujours prête à tout : merci d'être là, sans toi je n'irais pas loin !

Merci à ma maman, ma première lectrice et ma correctrice de choc qui traque chaque erreur d'un œil de lynx. Merci à Towani, la graphiste la plus patiente du multivers et la plus talentueuse aussi !

Merci à mes poilus, toujours là pour me soutenir d'une léchouille ou d'un miaou encourageant. Merci aux copines auteures et blogueuses avec qui rire, glousser et voir le monde avec légèreté. Merci d'être là les filles !

Et surtout merci à vous lecteurs, d'être là, toujours présent, toujours plus nombreux à suivre mes histoires. Vous dire merci est vraiment un piètre mot pour ce que je ressens comme gratitude envers vous : vous êtes incroyables !

Un dernier mot (oui je suis bavarde, ce n'est pas le moindre de mes défauts !)

Ce roman a été écrit en musique, et pour une fois pas de Metal (vous êtes déçus avouez) mais sur les chansons d'ABBA, précisément celles de la comédie musicale Mamma Mia. Eh oui !

Avant de vous laisser, encore un mot : n'hésitez pas à mettre des commentaires sur diverses plateformes, en effet parler d'un livre c'est le soutenir, c'est encourager un auteur que croire en lui, et c'est aussi contribuer à la pluralité éditoriale.

Alors n'hésitez pas : commentez !
Merci d'avance.

Isabelle Morot-Sir, République Tchèque.
www.isabelle-morot-sir.com
Texte protégé, toute reproduction réservée.
Couverture : Towani.
Mise en forme : Jeanne Sélène.
Imprimé via KDP.
Dépôt légal : dernier trimestre 2019.
ISBN : 979-10-96202-64-5